U0165907

應用外語 29

英語教學概論

五南圖書出版公司 印行

沈薇薇・著

　　恭喜本校外文系沈薇薇副教授，以其多年於英語教學領域
的研究與教學經驗，費時一年半，精心完成了一本大作。同時
也很榮幸獲得沈教授邀請，有機會事先閱讀了這本即將付梓的
教科書手稿，並為此大作寫序！由於我實際制訂過英語教育政
策與改革，因此我觀察到吸取英語教學理論的知識以便更正確
的發展教學實務，實為許多英語教學者所需作的功課。

　　自己原本的學術專長是在土木工程領域，沒想到在職涯發
展中也有機會成為策劃英語教育的推手。多年來逢甲大學連續
榮獲教育部全國評鑑第一的教學卓越計畫補助款，使得本校在
英語教育的推動有許多變革與創新，包括：購置最新輔助英語
學習的設備、給予個別教師英語教學創新補助、鼓勵教師不斷
積極改造英語課程、免費提供一年級學生多益成績以做能力值
的參考、或提供雲端課程學習的機會以符合當代以學習者為中
心的學習策略之訴求等措施。

　　這本書除了作者原來預設所書寫的對象是以學生、或英語
教學專業發展者為主，我認為也還可以推廣給非英語教學的專
業領域，因為閱讀本書後已讓我快速得知英語教學專業發展的
概況、學習英語成功或不成功的因素、教學方法的原理、定
義、歷史由來、及發展方向，這些訊息都已幫助了我在未來推
動英語教育甚至是其他語言學習的層面有了更多的想法，而這
些想法都有了理論的支持。

相信這本書深入淺出的專業內容，一定會吸引廣泛的讀者群，而且不同背景的讀者都將能吸取到他們所需的知識。

逢甲大學校長　李秉乾　博士

大學英語教學課程概述

　　早在1990年左右，臺灣各大學之傳統外文系有開設英語教學相關課程者，極為少數，但隨著對英語教學需求的增加與重視，為數不少的學者到西方國家留學取經後，截至2016年止，在各大學開課之英語教學類別的課程已極為多樣化。

　　由於主攻外文系專業的大學生在就學期間或畢業之後，往往很容易獲得英語家教、補習班的工作，而且要進修碩士課程也較容易得心應手，甚至取得入學許可。舉中部逢甲大學為例，在104人力銀行升學就業地圖2016年2月5日公告的數據統計，可看出外文系畢業的同學約有30%以上的比例會去各類補習班、教育事業或學校教書，這顯示出還是有不少比例的學生出社會的第一份工作是與英語教育相關。因此一般傳統大學常會將英語教學的知能列為外文系專業需要培養的基礎素養。

　　然而，矛盾的是：學生會想從事教書這份工作，但在大學裡修習教育學程的人數卻似乎有減少的現象。在現今社會流行瀰漫的耳語：一種評述是當老師真辛苦，還有種評述是現在因少子化的衝擊，流浪教師很多。因此，英語教學領域到底還有沒有市場需求是目前很多年輕學生很困惑的一件事。很多學校

擔憂修習課程人數的下降會導致無法通過教育部對大學的系所評鑑，紛紛趕在被評鑑之前就先自行關閉師資培育課程，比如說：在幾年前，中部地區的逢甲大學原本也和靜宜大學、東海大學、台中教育大學、中興大學一樣都設有教育學程，但是因校內修習人數逐漸下滑，恐不利於教育部的評鑑，再者則是前瞻未來少子化因素恐造成過多流浪教師問題，早在2009年就自行先結束此學程。

同時，就在2014年9月時，多家媒體紛紛報導不利於經營教師學程的消息。例如：9月13日自由時報報導了一個令外文系專業發展憂心的新聞，以台大外文系為例，近三年報考台大外文研究所的人數減少了一半。學者如：臺灣全球化教育推廣協會執行長、實踐大學教授陳超明建議英語文系不應再侷限在培育英語教師等人才。如此一來，未來臺灣學生因學程修課人數遞減的狀況，在大學內開設教師學程的意願恐怕越來越低。可預期的是外文系在課程的安排上，應該不再以開設師資培育課程為主軸。但是，這種比較悲觀的一面，諸如：辛勞或是職場中流浪等狀態，是當前很多種職業的現況，並非英語教學所特有。

了解困境，但要堅持信念

然而，難道師資真的會過剩嗎？危機也就是轉機，當受到大環境所謂流浪教師或類似不利於經營培育師資課程的存在事實，這個行業並未消失，而且很有可能在大學生目前紛紛熱衷的走向餐飲服務業、工商業界，或近年中小學及大專院校教師

有一股退休潮，甚至是教育部正在執行的降低師生比例等因素的影響，還是會造成師資不足的狀況。

此外，由於臺灣現在很多小學將英語學習下修至一年級，偏鄉地區師資則更顯不足，所以仍然需要招聘教師。因此有志於英語教學的大專學生，倒也不需因此而打退堂鼓，放棄了在這領域的訓練與發展的機會。反而更要積極的在大學或碩士學位期間找機會並花些時間多修習一些跟師資培育有關的課程，以取得證照者為優先考量，一方面可獲得中小學教師機會，或者其他私人機構的工作機會。若不為了求職著想，也應該讓自己對英語語言或學習法有更深層的認識，反而讓自己英語能力變好，甚至自己了解該如何學習英語的方法，何樂而不為！

也就是說，以積極面來看，在大學中選擇英語教學課程的學習，我認為應轉變對英語教學學習的展望，不應以過去傳統觀念以當老師為唯一目的導向來習得本科目，而是應以更積極的新眼界來看一個取得多元領域能力的機會，並有機會將英語教學的知能應用於各職場中的高階領導職務。以這種長遠的眼界來看，才能重新賦予大學生在大學裡取得修習英語教學科目的動機。也就是說：在大學期間若能修習英語教學概論課程，也能因而了解英語學習與教學原理，進而培養自己成為一個較自動自發的外國語文學習者。而在畢業之後，大學生若能有英語教學的知能，或許也能因為具有多項特殊資格證書進而當上管理階層的地位，因為一來英語能力相對提升，畢竟本學科需要具備英語語言架構的知識能力，二來是較可啟發、管理與訓練下屬階層的工作學習，因為本學科往往結合教育學理論、心

理學、社會學與資訊發展等應用的知識。舉例來說，我曾經教過的一位大學生，在取得教師資格，進入實習之後，發現自身未必適合擔任教師工作，轉而考取公務員特考教育行政資格，公務員分發之後的主要業務也是跟處理學校人事部分的工作較相關，甚至取得績效獎勵。另外一個畢業學生，擔任中學英語教師之後，過了幾年想繼續到美國留學，取得了美國給予的獎學金，並委任其在美國求學時教授華語課程。

這就說明了在大學選修課程時，不宜設限過窄，將教師專業課程排除在外，宜多加探索，多培養自身的多元能力。另外也應該保持彈性，逐漸發現是否合適擔任第一線的教學工作，如果不合適，也並非世界末日，或自怨自嘆浪費了大學的時間選修這類的專業課程。反之，若在大學時間失去修習這類課程的機會，畢業後要立定此志向時，就需要再花時間更快速與忙碌的建立許多基礎概念。

不過，即使是對英語教學有興趣的學生而言，或許是現今大學生在學校所學科目極為繁雜，而且市面上的英語教學原文專業書籍多半是寫給已經在接受職前訓練及有教師資格的英語教師居多，因此很多學生對該領域會有閱讀及理解上的困難，而對修習課程或繼續取得證照及學位產生怯步，實在有點可惜。

因此，撰寫本書的動機由此而生，旨在幫助讀者迅速了解英語教學需求概況與建立教學原理之基礎概念。讀者不但可藉由本書得知自身在教學生涯的合適程度及英語教學目前在亞洲

的定位，以便激發自身英語教學之動機，更可藉由閱讀本書輕鬆與快速具備教師資格中所應了解專業知識之基礎重點。本書為使學習者得以精熟常見之重要概念或術語，將一些部分保留中英對照的方式，幫助讀者學習英語，但卻能很快用中文理解其概念，而若引用非中文名字之外籍專家，則僅保留其原有英文之書寫方式，不另提供中文之翻譯，以方便日後閱讀更多相關文獻資料所用。

本書涵蓋的内容計有五大單元：第一單元介紹全球化與在地化的英語學習需求以便確認自身在英語教學領域發展的動機與能力、第二單元設立英語教學的目標討論、第三單元探討語言習得的現象、第四單元著重實際教學設計的面向、最後的第五單元則建議讀者在英語教學資格取得上可深化的方向。每一單元最後條列該單元可涵蓋的重要問題及其應用項目的確認單，以利讀者快速了解自己對該單元的精熟度，並進一步整理出已熟悉或必須再加強的部分。

本書很適合對英語教學完全沒有概念、正在開始學習大學課程的學生、正在猶豫是否選擇走向英語教學職涯發展者、想要鞏固語言學及英語教學概念的學生來使用，當然也可適合有意願研究英語教育領域的新進學者，如：資訊工程相關領域。讀完本書後，應可具備基礎語言學及英語教學知識，以便取得進一步閱讀其他更深入專業知識領域文章與專書的能力，甚至是將這些原則實際應用在教學、研究、準備國内外碩士班課程、或者是取得國内及國際英語教師考試證照等。

Contents
- 目次 -

■ 前 言

　　大學英語教學課程概述
　　了解困境，但要堅持信念

第一單元　英語教師的動機與先決能力的養成　001

一、洞悉全球化與在地化的英語教學需求 / 003
二、具有當一個「好老師」的特質：
　　「優良教師」與「良好教學」/ 006
三、具備基礎英語語言架構的概念 / 009
　（一）詞彙學（Vocabulary）/ 009
　　　1. 複雜的單字定義 / 009
　　　2. 意思因上下文而變化 / 010
　　　3. 形態學（Morphology）/ 011
　　　　(1) 自由詞素（Free Morpheme）/ 012
　　　　(2) 依附詞素（Bound Morpheme）/ 012
　　　　　① 依附詞素於實詞詞素的合成法之一：
　　　　　　衍生詞素（Derivational Morpheme）/ 012
　　　　　② 依附詞素於實詞詞素的合成法之二：
　　　　　　變形詞素（Inflectional Morpheme）/ 013
　　　　(3) 實詞詞素（Lexical Morpheme）/ 014

(4) 功能詞素（Functional Morpheme）或稱為文法性

　　詞素（Grammatical Morpheme）/ 014

　4. 詞彙之間的關聯性 / 015

　　(1) 有關聯的詞彙系列（Lexical Set）/ 015

　　(2) 字的家族（Word Family）/ 015

　　(3) 詞彙組合（Lexical Chunks）/ 015

　　(4) 片語（Idiom）/ 015

　　(5) 搭配詞（Collocation）/ 015

　　(6) 跨言語差異（Cross-Linguistic/Cultural

　　　　Differences）/ 016

（二）語音學（Phonetics）/ 016

　1. 字母、母音、子音的概念 / 016

　2. 發音的原理 / 017

　3. 常見的單音分類法 / 018

　　(1) 母音（Vowel）分類法 / 018

　　(2) 子音（Consonant）分類法 / 020

（三）音法學／音韻學（Phonology）/ 022

　1. 單獨音的討論 / 022

　2. 一個字裡面音的組合結構 / 025

　3. 單音節與多音節 / 026

　4. 正常說話時發音的討論 / 027

　　(1) 一起發同部位音效應（Coarticulation

　　　　Effects）/ 027

　　(2) 不同字之間的連音（Sound Modification of Two

　　　　Words）/ 029

（四）句法學（Syntax）/ 029

　1. 規則性：產生文法與樹狀圖（Generative

　　　Grammar）/ 029

　　　2. 移動性（Movement）/ 031

　　　3. 普世通用性（Universal Grammar）/ 032

　　　4. 詞彙規範性（Lexical Rules）/ 032

　（五）語意學（Semantics）/ 033

　　　1. 詞彙語意學（Lexical Semantics）/ 034

　　　　(1) 字義分析法 / 034

　　　　(2) 字義之間的關係 / 034

　　　2. 句意分析法 / 037

　　　　(1) 詞的組合（Phrase Structure）/ 037

　　　　(2) 語意元素（Proposition）/ 038

　　　　(3) 角色（Role）/ 039

　　　3. 字義、句意和上下文之間的關係 / 040

　（六）語用學（Pragmatics）/ 042

　　　1. 說話行為（Speech Acts）/ 042

　　　2. 引申意或涵義（Inference or

　　　　Presupposition）/ 042

　　　3. 間接表意方式（Indirect Speech）/ 042

　　　4. 禮貌性的方式（Politeness）/ 043

　（七）話語分析（Discourse Analysis）/ 043

四、英語能力檢定須達一定標準 / 045

五、第一單元總複習與應用項目精熟度確認單 / 047

第二單元　　英語學習的目標探討　　　049

一、界定多元的能力：理論部分 / 051

　（一）內在知識能力（Competence）與外在表現能力

　　　（Performance）之差異 / 051

（二）語言知識能力（Language Competence）與
溝通能力（Communicative Competence）
之差異 / 052

（三）語言溝通能力的分項指標 / 052

1. 文法能力（Grammatical Competence） / 052

2. 社會化語言能力（Sociolinguistic
Competence） / 053

3. 話語能力（Discourse Competence） / 053

4. 溝通策略能力（Strategic Competence） / 053

5. 文化能力（Cultural Competence） / 054

二、界定多元的能力：實測部分 / 057

（一）實用語言能力的劃分基礎 / 057

1. CEFR六大能力總表 / 058

2. GEPT和CEFR的對應關係 / 060

3. TOEIC和CEFR的對應關係 / 060

4. TOFEL和CEFR的對應關係 / 061

5. IELTS和CEFR的對應關係 / 062

（二）英檢考試能力評分標準 / 063

三、第二單元總複習與應用項目精熟度確認單 / 069

第三單元　語言習得概述　071

一、英語語言習得階段 / 073

二、語言習得的理論 / 076

（一）早期常見理論 / 076

1. 行為主義觀點（Behavorism） / 076

2. 天生本能主義觀點（Innatism） / 078

3. 認知／環境互動發展語言的主義（Cognition/
Social Interaction）／ 079

（二）第二語言習得的理論依據／ 081

1. 行為主義與本能主義的持續討論／ 081

(1) 習得（Acquisition）──學習（Learning）的比
較／ 083

(2) 監控假說（Monitor Hypothesis）／ 083

(3) 自然發展順序假說（Natural Order
Hypothesis）／ 083

(4) 輸入假說（Input Hypothesis）／ 084

(5) 情感過濾器假說（Affective Filter
Hypothesis）／ 084

2. 個人認知、心理與外在社會的影響討論／ 084

(1) 連結主義（Connectionism）／ 085

(2) 訊息處理（Information Processing）／ 085

(3) 注意力假說（Noticing Hypothesis）／ 086

(4) 競爭模式（Competition Model）／ 086

(5) 社會化的需求、文化環境造成習得觀點（Social-
Cultural Model）／ 087

① 近側發展區（ZPD）／ 087

② 交互作用假說（Interaction
Hypothesis）／ 087

3. 發現第二語言知識學習特點模式／ 089

(1) 輸入過程（Input Processing）／ 089

(2) 處理模式理論（Processability Theory）／ 089

(3) 輸出理解理論（Comprehensible Output
Hypothesis）／ 089

三、造成第二語言習得的變數 / 090

　　（一）雙語學習（Bilinguals） / 090

　　（二）智商（Intelligence） / 092

　　（三）能力（Aptitude） / 093

　　（四）動機（Motivation） / 094

　　（五）學習風格（Learning Style） / 094

　　（六）學習策略（Learning Strategies） / 097

　　（七）性格（Personality） / 098

　　（八）學習信念（Learner Belief） / 099

　　（九）年齡（Age） / 100

四、第三單元總複習與應用項目精熟度確認單 / 102

第四單元　英語課程設置原則與傳授　　　103

一、了解整體課程設計的兩大層次 / 105

　　（一）方針（Approach） / 105

　　（二）方法（Method） / 106

二、早期發展的教學方針 / 106

　　（一）文法──翻譯法（Grammar-Translation
　　　　　Approach） / 106

　　（二）聽說教學法（Audiolingual Method） / 107

　　（三）直接教學法（Direct Method） / 107

　　（四）認知教學法（Cognitive Approach） / 109

　　（五）情境教學法（Situational Approach/Situational
　　　　　Language Teaching） / 109

　　（六）功能性課綱教學法（Notional Syllabus） / 110

　　（七）社群語言學習（Community Language
　　　　　Learning） / 111

（八）建議情緒教學法或稱去除情緒障礙建議法
　　　（Suggestopedia or Desuggestopedia）/ 111

（九）人本主義取向（Humanistic Approach）/ 112

三、轉捩點 / 112

（一）自然教學法（Natural Approach）/ 113

（二）溝通式方法（Communicative Approach）/ 113

1. 教學內容方面 / 114

2. 教學技巧方面 / 114

四、百家爭鳴以溝通為目標的教學法 / 114

（一）任務型導向法（Task-Based Approach）/ 114

（二）詞彙教學法（Lexical Approach）/ 115

五、各個分項語言技能教學法 / 117

（一）自然發音法 / 117

（二）韻文教學法 / 119

1. 韻文教學的重要性 / 119

2. 運用當代英語教學原理 / 120

(1) 全肢體反應法 / 120

(2) 溝通式教學法 / 120

(3) 情境教學法 / 121

(4) 聽說教學法 / 121

(5) 自然教學法和建議情緒教學法 / 122

3. 教學方法與活動介紹 / 122

(1) 書籍教材選取 / 123

(2) 網路資源 / 123

4. 活動設計想法之分類 / 127

(1) 韻文解說及文化教學 / 127

(2) 教學生繞口令 / 127

(3) 教學生配合演出 / 128

(4) 遊戲、卡拉OK、手勢教學及小組或

團康活動 / 130

(5) 教單字及拼字 / 131

(6) 學習創作韻文 / 132

（三）詞彙教學法 / 133

（四）學習文法知識 / 136

1. 規範性文法（Prescriptive Grammar） / 136

2. 描述性文法（Descriptive Grammar） / 137

3. 教學用文法（Pedagogical Grammar or Teaching

Grammar） / 137

4. 口語用文法（Spoken Grammar） / 137

5. 書寫用文法（Written Grammar） / 137

6. 五大簡單句子的形式（常見說法為

五大句型） / 138

(1) S + Vi（主詞＋不及物動詞） / 138

(2) S + Vi + SC（主詞＋不及物動詞＋主詞

補足語） / 138

(3) S + Vt + O（主詞＋及物動詞＋受詞） / 138

(4) S + Vt + IO + DO（主詞＋及物動詞＋間接受

詞＋直接受詞） / 138

S + Vt + DO + Prep + IO（主詞＋及物動詞＋

直接受詞＋介詞＋間接受詞） / 138

(5) S + Vt + O + OC（主詞＋及物動詞＋受詞＋受

詞補足語） / 138

7. 句子結構的主要組合變化 / 138

(1) 簡單句（Simple Sentence） / 138

(2) 合成句（Compound Sentence）/ 139

(3) 複雜句（Complex Sentence）/ 139

(4) 複雜——合成句（Complex-Compound Sentence）/ 139

（五）語言技能導向的教學原則 / 139

1. 內化（Input）能力：聽讀 / 139

2. 泛讀／聽與精讀／聽之區別（Extensive vs. Intensive Reading/Listening）/ 140

3. 輸出（Output）能力：說寫 / 140

（六）學習特殊專業及跨領域課程 / 141

六、英語能力評估與測試 / 143

七、第四單元總複習與應用項目精熟度確認單 / 146

第五單元　建議未來知能之深化目標　　　　147

一、應付考試需求 / 149

（一）報名跨國際認可的英語能力檢定 / 149

1. 多益（TOEIC）/ 150

2. 托福（TOEFL）/ 151

3. 雅思（IELTS）/ 151

（二）申請臺灣的研究所 / 152

（三）熟悉英語教學的核心概念 / 153

1. 分析近年英語教學研究所考古題關鍵概念列表——出現頻率較高者 / 153

2. 其他出現頻率次高者 / 162

3. 近年英語教學研究所考古題之縮寫字列表 / 177

二、參加國際認證之英語教師證照課程／180

　　（一）語言教學知識課程模組／180

　　（二）語言教學知識課程之語言知識的模組／180

　　（三）語言教學知識課程之專業科目與語言教學結合的
　　　　　模組／181

三、洞悉未來英語教學之重點發展／182

　　（一）了解學習者各種不同的需要／182

　　（二）常見的英文文體／182

　　（三）錯誤的界定／182

　　（四）科技輔助英語學習／183

　　（五）雲端教室／184

　　（六）翻轉教學／184

　　（七）掌握世界流行英語發展的脈動／185

四、第五單元總複習與應用項目精熟度確認單／187

結　語／189

參考文獻／191

致　謝／201

Part ①

第一單元

英語教師的動機
與
先決能力的養成

　　所謂知己知彼，百戰百勝。在決定往英語教學領域發展之前，最好能進一步了解這個領域的發展概況，並且確認自己是否願意不斷培養自己的能力與性格以便符合外界一般的要求，諸如：教師可能會被要求具備的人格特質、語言知識與教學技術素養等層面。如此一來，在正式進入職場之後，也比較能得心應手，成為一位優良教師。

一、洞悉全球化與在地化的英語教學需求

　　由於英語本身在政治、經濟、與文化不同歷史背景的發展下，由最初使用英語為母語的人口，擴增到更多被英語人士殖民過的區域人口，然後再持續發展到現在造成更多國家的人口使用英語，這已使得英語成為國際語（English as a Global English, or English as an International Language）。英國語言學家David Crystal早在1997及2003年估計，全球以英語為母語及以英語為外語的人口比例大致在1：3左右，而預測未來後者的人口只會更快速的成長。因此Harmer（2007）認為正統標準英語的人口在世界人口的比例上已屬於少數族群（minority），而且仍會繼續相對減少，短期間內這個現象應不至於改變。所以，英語已經不專屬於母語人士，而是用以跨國際溝通的通用語言（ELF: English as a Lingua Franca），意指兩個人（或以上）之間使用英文為溝通時的共同語言。

如此一來，英語教學的專業發展，在這樣的趨勢與需求下仍不至於沒落，因為具備良好的英語溝通能力仍是在學校及在職場中希冀的基準。以東南亞地帶華語文為主的新加坡、香港、臺灣、大陸為例，英語教學都已經從小學階段開始，融入正式的課程。所以，除了正規學校仍有英語教師的需求之外，英語家教班、補習班及私人語言學習機構，往往也很需要各類不同的英語教學人才，如：協助中小學正規學校課程進度、及各類英檢考試等。

　　當然，以臺灣而言，英語教學的環境或許跟大陸比較類似，是以英語為外國語言的學習（英語非官方用語，EFL: English as a Foreign Language），使用英語的機會多半是在教室中。然而，學習者所處的英語環境有可能會改變，並非終身相同，比方說：一個臺灣學生到了英國或美國這種英語系國家，英語就變成了第二語言（L2: Second Language; ESL: English as a Second Language），也就是說雖然英語並非其母語，但是幾乎無時無刻在學校或社會上都得使用英語。

　　可是早期英語教學領域傳統上這種ESL和EFL學習環境的分類也有一些令人困惑之處：到底英語是第二語言（L2）或是外國語言（FL: Foreign Language），即使在臺灣也會因人而異。因為有些人也許會在離開教室後，甚至回到家中時也在使用英語。反之，比如說在新加坡是一個多元語言（multilingual）使用的區域，英語為官方語言（official language）的一種，同時也是第一語言（L1: First

Language），除了教室使用英語，課堂之外能用到英語的機會也頗多。但是，也有人只習慣經常使用自己的母語，例如：福建話、普通話等，那這樣英語到底是新加坡人的第一語言還是第二語言或外國語言？目前比較有共識的就是在L1和L2概念上的明顯區別，只要英語不是母語或自然純熟習慣使用的語言，而是另外一種學習的語言，就通稱第二語言（L2）。

當然，辨識英語學習環境之差異，往往利於課程的安排。傳統上英語教學課程內容有些不一樣的著重點，所出現的名稱有英語作爲外國語言教學（TEFL: Teaching English as a Foreign Language），英語作爲第二語言教學（TESL: Teaching English as a Second Language），或通稱針對非母語人士開設的英語課程（TESOL: Teaching English to Speakers of Other Languages）。

不過如前所述，現今這個世界國際之間往來頻繁，使用英語的機會大爲增加，使用英語的目的也極其多元，所以英語已經變成通用語（ELF）。以正面思考上看來是大家溝通極爲方便，人類因語言之間會造成的隔閡日漸減少。但是反面來看，也正在改變傳統的英語語言結構及使用，因此從早期傳統數個英語核心派系：英式英語、美式英語、澳洲英語等，到目前的非正統英語發展，如：新加坡英語、中式英語等，已有數不清的發展，所以現在英語有了一個現代名詞爲「世界各地英語方言」（World Englishes）。

而且令人驚奇的是，英語在非母語人士的使用下，以母語人士的標準來看，產出很多文法不正確但卻又能溝通成功的現象，學者卻也發現這些文法錯誤有些特性，比如說：第三人稱加上現在式動詞，往往沒有加上-s的變化；名詞變成都是可數的，而不管不可數的情況（Seidlhofer 2004）。或者，發音時，/th/的齒間音也因部位的不正確，常變成/t/, 或/s/, 或/d/的音（Jenkins 2004）。一些ELF的學者，如：Jenny Jenkins認為如果這是一個趨勢，也不違反成功溝通的原則，英語教師可以不必用母語人士的標準去糾正每個學習者的「錯誤」。不過有些保守的英語人士，如：英國王子Charles就對英語遭到快速改變的這個事實感到極為憂心，而且不正確的使用英語，在他看來是「糟糕的英語」（Bradbury 1989）。想必未來的課程目標與課程制定應該會有更多元的發展，這也是當代英語教學的新興發展（有關課程制定原則將在第四單元介紹）。

　　在初步了解到英語教學在職場上仍有發展空間時，接下來要考量的就是自己的個性特質與能力是否能符合這個職場的需求。

二、具有當一個「好老師」的特質：
##　　「優良教師」與「良好教學」

　　不少英語師資培育專家及研究者已經陸續整理出一個好老師的特質。資深英語培訓師Jeremy Harmer（2007）指出，一名優秀的語文教師是充分準備、熟練且適應性強，具有正向積極的人格並與學生保有良好關係。Lixian Jin和Martin Cortazzi研

究了世界不同地區的學生（含南亞、中東和西方國家）後，發現到學生認為好老師可以有這些主要的意涵，包括：朋友、父母、知識來源、嚮導、模範、道德典範、園丁和演員。其他常見的形容詞還包括：有耐心、幽默、活潑、友善、有責任感、有同情心、熱心、善解人意、提供協助的特質。他們的研究發現也歸納出好老師常會做的事有：教育學生生活、激發學生的興趣、採用有效的方法、清楚地講解、為學生解答、組織各種課堂活動、幫助學生自主學習（例如：Cortazzi & Jin 1999a; Jin & Cortazzi 2008）。

以上所有的這些文字和表達方式意味著教師必須扮演多重角色並具備多種優良特質以滿足學生的期望。雖然這種類型的研究整體上顯示出學生的需求、信念和對優良教師的認識，但若能進一步從各課程再加以有更精細的了解，將更能符合學生在各課程學習的期待。舉例來說，本書作者沈薇薇（Wei-Wei Shen）在2012年發現如何成為一位優良的寫作教師似乎並沒有過詳細的討論，因此執行一個課堂研究，發現到51位在私立大學就學的學生幾乎一致認為一位好老師應該幫助他們多多寫作。此外，也常提及耐心、寫作教學技巧、經驗、知識、良好的教學計畫、優良的人格特質。其他常見的特質尚包含：了解學生的問題並給予回饋、給予修改的時間、鼓勵學生寫作、激勵學生、友善的、開放的、具有熱情、明確的解釋、課堂上有趣的教學和良好的互動。耐心這個特質也證實與上述其他學者之發現一致，可見要當一位老師可要注意開始培養自己的耐

心、如何培養良好的人格特質，例如：友善性、及如何熱愛我們的教學並對學生展現熱情。

以下根據本書作者（Shen 2012）的研究發現，製作一份問卷（圖表1.1），專就學習者認定好老師的個性部分做個列表，讀者可以測試一下自己的長處特質（指a.和b.欄位的項目）是否相對較多？

圖表1.1：自我檢測適合英語教學之個人性格特質

	a.長處	b.還可以	c.非長處
1. 善於啓發／引導他人			
2. 樂於給予他人幫助			
3. 樂於給予他人意見			
4. 富有耐心			
5. 說話清楚，條理分明			
6. 樂於解決他人的困難與問題			
7. 樂於鼓勵他人			
8. 善於洞悉他人的困難			
9. 為人公平			
10. 為人和善			

當然，在確定自己積極正向個性適合擔任英語教師之後，一旦要準備當英語教師，良好的語言知識亦不可或缺，首先特別需要具備基礎英語語言學的知識。英語教師具備核心的語言學知識，才更得以具有解說英語語言系統的能力。也因此國際英語教師證照考試如本書最後一單元所介紹的劍橋英語教師檢

定考試也是將語言學的核心概念，含：詞彙、語音及音韻、語法、語意等四大語言知識部分列爲考試之重點。另外，語言學的重要性在於很多英語教學的概念往往也跟語言學相關，如：語言學習的目標、發展及能力界定等部分（第二單元將開始介紹）。在臺灣外文系學生都必修過語言學課程，所以非外文系學生若要擔任英語教師，這部分知識必須加緊補足。

然而，由於大學生多半覺得語言學課程較爲理論性，學習上難免覺得困難，本書爲了幫學生去除閱讀語言學的恐懼，將用最簡單的方式，依序快速整理出這四大項目其中的重要概念。建議如果是大學部較低年級的學生或者尚未上過任何語言學課程的學生而言，先從本單元了解語言基礎架構及關鍵概念，應可以較快速進入狀況。本單元依序介紹字、音、法、意的常見概念。

三、具備基礎英語語言架構的概念

（一）詞彙學（Vocabulary）

1. 複雜的單字定義

詞彙在英文用字上，一般大家比較熟悉字（word）或字彙（vocabulary），但比較不了解學術討論上也常用lexis（＝vocabulary）來特別強調字或詞的不同意思。 詞彙自從1980年代之後在研究與教學上受到了極大的重視與發展，其因來自如下：

(1) 自1970年代的溝通式教學法概念發展之後，學者開始認爲單字在溝通上有時比文法還來得重要。

圖表1.2：字本身的多元知識性

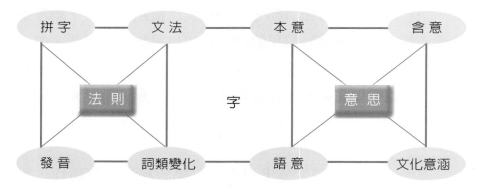

　　(2) 語言習得的發展現象是孩童由單字的結構慢慢發展成句子的使用。

　　(3) 單字本身的意思及文法層面牽涉多元的知識性。圖表1.2呈現了一個字本身的一部分（左邊）含有其法則性，包括規範拼字、文法、發音和詞類變化。另一部分則有其對應的意思，包含常見的本意、含意、語意、文化意涵等（Shen 2005）。因此，簡單來說，上表1.2就是勾勒一個字的概念可涵蓋之空間。「空間」在這裡指的是兩個基本部分：規則和意義。每個部分在習得一個字的過程中會擴張到更大的範圍。

2.意思因上下文而變化

　　當然在實際的詞彙習得過程中，知識網絡的延伸有其複雜性，單就習得「意義」這個部分來說，就又牽涉到更複雜的層面。如Shen（2005）勾勒出來的下表1.3樣式。一個字的意義，往往取決於出現的上下文（如第二層次所示）。當上下文較少時，一個字因其發音、詞性、及拼字方式，就帶有很多不同的

圖表1.3：一個字可涵蓋的意思架構圖

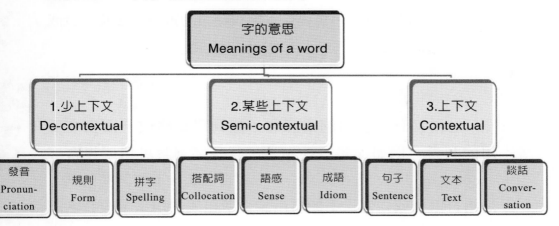

意思（如第三層次所示）。而當有上下文的限制時，一個字往往因其搭配的其他字、語感及固定的片語又造成一些特定的意思，甚至有的是無法從字面上來猜測其含意，如：片語cats and dogs（見後述）。

因此，詞彙知識的空間擴增在第一語言習得來說，是一個長期、而且是動態性的發展，在小學階段得以藉由接收訊息（input）的方式，如：閱讀方式迅速擴增，但往往可能至青少年以後及成年階段才得以建立一個較趨成熟且版圖較大的空間模式（另見第三單元語言習得的階段）。

3. 形態學（Morphology）

在探討一個單字的規則性時，語言學中有個基本概念稱為構字原理，就是形態學，是指研究單字（word）的內部結構和其形成方式。

詞素（morphemes）是指一個單字（當然也可以說成是一個語言）中最小意義單位。以下需知詞素的數個分類及其合成法：

(1) 自由詞素（Free Morpheme）

是指具有完整的詞彙意義，能夠單獨構成一個獨立使用的詞素。例如：船（ship）。有些字詞素可造成複合字（compound），在英文文法中，複合名詞、形容詞和動詞，是指有兩個或兩個以上的自由詞素所組成的現象。複合名詞有兩個名詞加在一起的組合，例如：指紋（fingerprint）、腳印（footprint）、課本（textbook）。也有複合形容詞的方式，是由兩個形容詞合在一起，像是好看的／漂亮的（good-looking）、低給付工資（low-paid）。還有名詞加上形容詞的例子，如：速食（fast-food）、全天職（full-time）。形成動詞單字也有些和副詞的搭配法，如：上傳（upload）、下載（download）等。不過也要特別注意有些字看起來像是合成字，其實是沒有可分割詞素也不具有詞素帶來的意思，例如：蝴蝶（butterfly）跟奶油（butter）是沒有意思關聯性的。

(2) 依附詞素（Bound Morpheme）

是指具有一定意義，但不能獨立存在成為一個字，而必須「綁」在其他形式上的詞素。例如：re-, -ist, -ed, -s。依附詞素概念下有另外兩個依附方式。

① 依附詞素於實詞詞素的合成法之一：衍生詞素（Derivational Morpheme）

是屬於一種利用依附詞素來變化字根（root/stem）單字的方法。這種衍生字（derivation）的規則，是由不同依附詞素組合而衍生的字。英語可用前綴詞（prefixes）、中綴詞（infixes）、後綴詞（suffixes）構成造字法，統稱詞綴法（affixation）。不過，中綴詞的概念較少出現在英語中，但是在英語口語中，有時會插入某些字來強調語氣，這些被插入的字也可以被視作中綴詞，例如：美式英語很常聽到粗魯的單字*fuckin*插在unbelievable中變成*Un-fuckin-believabl*e，而英式英語則常聽到bloody的插入使用（Fromkin, Rodman, & Hyams 2014）。最常見的造字法有下列兩種詞綴（affixes）的變化。

（i）　前綴詞（Prefixes）：也就是俗稱的字首，在一個單字前加上一組前綴詞，可形成另外一個不一樣意義的單字，例如：happy前加上un，形成unhappy；kind前加上un，形成unkind；possible前加上im，形成impossible；regular前加上ir，形成irregular。這些前詞綴都有將原來的字根原意改成相反的意思。至於為何會有不同的反義前綴詞，有時是跟發音方式有關（另見P.27「一起發同部位音效應」部分）。

（ii）後綴詞（Suffixes）：也就是俗稱的字尾，在一個單字後面加上後綴詞，形成另外一個單字，且通常是不同詞類，例如：在形容詞快速的（quick）後加上ly，形成副詞快速地（quickly），或是在名詞男生（boy）後面加上-ish，可以創造形容詞男生樣的（boyish）。單字小心的（careful）後面加上ness就從形容詞變成名詞。

②　依附詞素於實詞詞素的合成法之二：變形詞素（Inflectional Morpheme）

變形詞素也常見的中文專有名詞爲屈折詞素。一個詞素與另一個語素結合後，會改變其時態、單複數等等，如動詞遇到第三人稱單數時須加上後綴-s，這樣的詞素只會改變文法，並不改變最根本的原意。例如：teach*ing*(-ing), smart*est*(-est), dog*s*(-s), walk*ed*(-ed)，這些-ing, -est等等只是顯現出這個字的文法功能爲複數、時態、比較級等，加上它們並不會改變字原有的意思。

這種文法功能型的詞素本身又須注意到一個概念，語言學稱之爲詞素原形（morph）：了解語素的源頭形式，例如：-s和-es都可以表達最源頭的複數形態，但在英語中會產生詞素形狀變形（allomorphs），但卻來自於同一個意思的根源。此外，be動詞有"is", "am", "was", "were", "are"這幾種形式，它們都是在表達be動詞的概念，雖然形態不同，但是都是「是」、「存在」的意思，我們可以說這幾個字都是be這個詞素原形的詞素變形。

(3) 實詞詞素（Lexical Morpheme）
是指自由詞素中的內容詞、實詞（content），例如：名詞、形容詞、副詞或動詞。

(4) 功能詞素（Functional Morpheme）或稱爲文法性詞素（Grammatical Morpheme）
可以指自由詞素中的文法功能詞、虛詞，例如：代名詞（us）、連接詞（and）、冠詞（a, the）或介系詞（in）。也可以是具有依附詞素的文法功能特點，例如：進行式或過去式（見上）。

4. 詞彙之間的關聯性

其實，如前所述，字常會與其他的字產生關聯（word association），心理語言學者不像語言或語意學者一樣去探討一個字所含的多元面向，而是致力於探討人心中內建的詞彙庫（mental lexicon）是如何架構及如何與其他字之間產生關聯（如：Aitchison 1994）。因此現代單字學習法是需要考量到下列概念：

(1) 有關聯的詞彙系列（Lexical Set）：例如：提到家具（furniture）這個觀念，往往會包含床、桌子、椅子等。

(2) 字的家族（Word Family）：就是上述依附詞素所討論同一個字根、字首、字尾的組合，或是同一個字義但有不同的詞性的組合，如：walk、walked、walking。

(3) 詞彙組合（Lexical Chunks）：詞彙常會見到有些固定用法，例如：我很高興⋯（I am pleased⋯），或是你願意⋯嗎？（Would you like⋯?）。甚至這組合（chunks）也包含下列第(4)(5)(6)的概念。

(4) 片語（Idiom）：在一個語言中的特殊形式，人們在特殊的時間和地點使用。有時看到英文片語很難猜出意思，甚至有時也會被誤導意思。比如說：一個老套的片語cats and dogs，要不特別背起意思，還真無法理解這片語跟雨勢很大到底產生哪些本意的連結。

(5) 搭配詞（Collocation）：有些字往往會跟其他的字常常一起出現。比如說：濃茶說成strong tea，倒不能用中式英文說成thick tea。現在學者使用資料庫（corpus）的方法也可迅速找到詞彙之間的常見連結。

(6) 跨言語差異（Cross-Linguistic/Cultural Differences）：字概念關聯上也要注意到語言文化不同而產生的差異，例如：中文可能說「紅」茶，但英文卻是「黑」茶（black tea）。顏色概念使用會因文化不同而有所差異。中文說眼紅有嫉妒之意，英文卻是使用green-eyed。

　　由於詞彙本身所帶來可討論的層面實在很多，除了上述詞彙的法則層面外，在形成意思方面甚至可以變成語意學（見P.33）概念下很重要的討論，因此，常被另歸類成詞彙語意學（Lexical Semantics）。而在英語教學方法的討論上，也有一個常聽到的方法就以詞彙教學單獨來命名（見第四單元），稱之為詞彙教學法（Lexical Approach）。

（二）語音學（Phonetics）

　　當小孩牙牙學母語時，很正常的發出各種聲音，然後逐漸變成他人可辨識的字、詞與句子。在語言學裡，一支最主流的語音學門旨在研究母語人士發音時所需的生理部位及各個音的發音方式。而音法學或音韻學（Phonology）則是研究發音的規則與形式（另見P.23）。但在兒童英語的教學裡，比較重要的概念則是自然發音法（另見第四單元）。

1. 字母、母音、子音的概念

　　英文中有26個字母，其中有5個基本母音字母（a、e、i、o、u），其他字母則為子音字母。在語音學中比較重視的是每一個單音的發音器官分類及其發音方式。母音的數量及標註方

式較難一致，因為其中有兩大系統之分類：英國是DJ系統，美國則是KK系統。KK音標由兩位作者John Samuel Kenyon及Thomas A. Knott出版《美式英語發音辭典》（A Pronouncing Dictionary of American English）而得名。而DJ音標發明者是Daniel Jones所編的English Pronouncing Dictionary，受到英國上流社會及受高等教育者公推為標準發音（RP: Received Pronunciation）。

早期英國講究身分的時代，英語發音標準與否就常成為一種特殊的標記。在窈窕淑女（My Fair Lady）的影片中，一段經典劇情就是特別在訓練母音/ei/（DJ系統）的發法（*The rain in Spain stays mainly in the plain.*），來代表一個人的教育程度及身分地位如何藉由發音來改變。建議學生可以去*Youtube*上觀賞這段影片，感受一下英國上流社會對口音的重視，或許也可感受到因判定一個人的口音所帶來某種傲慢與偏見。雖然字典常看到這兩種不同的標註法，但是臺灣英語教學普遍還是以美式英語的KK音標系統為主。

以下簡介語音學的核心概念：發音的器官部位及其分類法。

2. 發音的原理

氣流進出的四大主要發音區域：

- 鼻腔（nasal cavity）。
- 口腔（oral cavity）。
- 氣管（trachea/windpipe）。
- 肺（lungs）。

控制氣流的數個發聲部位：

• 咽（pharynx）。

• 喉（larynx）部位有聲帶（vocal fords/cords）及會厭軟骨區（epiglottis/glottis）開合程度來控制聲門震動。

• 唇（lips）。

• 齒（teeth）。

• 齒齦（alveolar ridge）。　　　　　　　　　┐
• 硬顎（hard palate）。　　　　　　　　　　├→ 舌上方
• 軟顎（soft palate/velum）。　　　　　　　┘

• 懸壅垂（uvula）：在軟顎的尾端小垂肉狀物。

• 舌（tongue）。

3. 常見的單音分類法

(1) 母音（Vowel）分類法

單母音分類大概以舌頭的長度（或整個平面）區劃分前、中、後三類的母音，而以下巴往下拉長的距離形成在發音時下巴（或舌頭）在口腔中相對性的高、中、低位階來做三大分類（如下圖1.4）。

圖表1.4：母音分類表

舌下巴	前	中	後
高	i ɪ		u ʊ
中	e ɛ	ɝ ɚ ə ʌ	o ɔ
低	æ	ɑ	

此外，母音甚至也有以唇形扁平（unrounded）或圓形（rounded）的程度來區分，例如：前高位階的母音/i/的唇形跟後母音/u/就有很明顯的差異。另外，也有以造成雙頰的肌肉緊張度來區分母音的特性，例如：長母音/i/跟短母音/I/的肌肉緊張（tense）或放鬆（lax）的程度不同，長母音顯然將肌肉拉緊的時間較長，不像短母音可以很快地放鬆雙頰肌肉。最後，特別是在美語中較明顯的的捲舌（retroflextion）發音分類，例如：/ɝ/及/ɚ/，但在英式母音的尾音發捲舌音倒不明顯，如：sister聽起來像/śɪst ə/。

而雙母音（diphthong）則有兩個單母音的合成發音法，所以牽動發音位置前後及高低位置的改變，甚至是唇形或雙頰的肌肉鬆緊變化也比單母音來的多。KK或DJ發音系統都一樣的雙母音有以下三個。

• [ɑ]+ [ɪ] => [ɑɪ]。
• [ɑ] + [ʋ]=> [ɑʋ]。
• [ɔ] + [ɪ] => [ɔɪ]。

不過，DJ發音系統還有更多的雙母音結合法，而且有的長母音也變成是雙母音的標示法。例如：KK的長母音[e]就變成DJ的雙母音[eɪ]。DJ系統的標註法或教法可進一步參考British Council出版的音標表格及Adrian Underhill（2005）。

因為所有的母音都是有聲音，因此母音分類法就不像接下來要介紹的子音分類法一樣，具有「有聲」或「無聲」的歸類法。

(2) 子音（Consonant）分類法

① 以發音時聲音在器官產出的所在部位來分類子音（Place of Articulation）：

A. 雙唇音（Bilabials）：經由雙唇發出聲來的子音。例如：[b]、[p]、[m]、[w]。

B. 唇齒音（Labiodentals）：使用上排的牙齒和下唇發出聲的子音。例如：[f]、[v]。

C. 齒間音（Dentals）：舌頭放在上下排牙齒間所發出來的音。例如：[θ]、[ð]。這兩個音的發音方式跟中文發法有很大的差異。

D. 齒齦音（Alveolars）：舌頭頂在齒槽所發出的音。例如：[d]、[t]、[n]、[l]、[z]、[s]。

E. 硬顎音（Palatals）：舌頭頂住或接近硬顎發出來的音。例如：[ʒ]、[tʃ]、[ʃ]、[j]、[dʒ]。

F. 軟顎音（Velars）：通稱軟顎區所發出的音。例如：[g]、[k]、[ŋ]、[w]。

G. 聲門音（Glottals）：使用聲門部位發出的音。例如：[h]。

② 以發音時空氣釋放後與器官的摩擦或流動的方式來分類子音（Manner of Articulation）：

A. 阻塞音（Stops）：產生阻塞音時，我們會將口腔內氣體用唇或舌稍加阻擋後再突然地釋放出來。例如：[b]、[d]、[g]，這些是有聲的阻音；而[p]、[t]、[k]是無聲的阻音。

B. 摩擦音（Fricatives）：為了產生摩擦音，我們先聚集氣流，然後迫使氣流往狹小的隙縫釋放。例如：[f]、[θ]、[s]、 [ʃ]、[h] 是無聲的；[v]、[ð]、[z]、[ʒ]是有聲的。

　　C. 塞擦音（Affricates）：結合阻塞音和摩擦音的方式。例如：[tʃ]是無聲的，[dʒ]是有聲的。

　　D. 鼻音（Nasals）：當氣流從鼻子通過所發出的音。例如：[m]、[n]、[ŋ]，這些鼻音都是有聲的。

　　E. 流音（Liquids）：舌頭靠近齒槽所發出的音。有[l]和[r]兩種。[l]是舌頭附近的氣流觸碰齒槽邊，稱作旁流音或是側音。[r]是舌尖往上在齒槽邊捲曲，稱作捲舌音。

　　F. 滑音（Glides）：舌頭經滑動所發出的音。例如：[w]、[j]。

　　③ 另有子音發音分類法以有聲（Voiced）與無聲（Unvoiced/Voiceless）歸類：其控制原理來自於聲帶。不過，如前所述，因為母音（vowel）都是有聲的音，所以該項歸類僅適合分類子音。

　　綜合上述三項分類法，各子音的分類如下表。下表1.5中橫向分類代表不同發音的部位，直向代表不同氣流的方式，而有聲音與無聲的表示則用[+]表有聲，用[—]表示無聲音。

　　但是，總結發音的生理部位學門來說，有些母音的分類法有時因不同的學者會有不同的高低、前後位置的放置法，而歸類子音也少數有發聲的部位及方法稍有不同（另見Fromkin, Rodman, & Hyams 2014; Parker & Riley 2009; Sun 2005; Underhill 2005; Yule 2014）。這也是如同本書之前所說英語有地方語言（dialects），如：美、英或其他曾為英國屬地之英語

圖表1.5：子音分類法

部位 方式	雙唇音 Bilabial		唇齒音 Labiodental		齒間音 Dental		齒齦音 Alveolar		硬顎音 Palatal		軟顎音 Velar		聲門音 Glottal
阻塞音 Stops	p[-]	b[+]					t[-]	d[+]			k[-]	g[+]	
摩擦音 Fricatives			f[-]	v[+]	θ[-]	ð[+]	s[-]	z[+]	ʃ[-]	ʒ[+]			h*[-]
塞擦音 Affricates									tʃ[-]	dʒ[+]			
鼻音 Nasals	m[+]						n[+]				ŋ[+]		
流音 Liquids							l[+] r*[+]		r*[+]				
滑音 Glides	w*[+]								j[+]		w*[+]		h*[-]

註：上述星號*表示該音在不同的學者的專書發現有不同的歸類。[+]為有聲音，[-]為無聲音。

發音上的差異，讀者不必去執著某些音一定要有個絕對的單一分類方式作爲標準答案，但應了解的是：有些音在比較的相對程度上會產生極大或較大的不同發音部位及特色。因此，語音學的另一發展「音法學」或「音韻學」（Phonology）就是用來：(1)區隔音的特別特色、(2)音之間會產生的對比性質做系統化的描述、及(3)在正常的說話中產生出音變化的準則。

（三）音法學／音韻學（Phonology）

1. 單獨音的討論

(1) 音素（Phoneme）：爲一個最小卻有意義功能的語音單位。之前討論的語音學所列出的每一個音都是一個音素。一

個音素與另一個音素可造成不同的字，例如：(1) bag和tag，(2)bet和bat，(3)cheap和keep三組音（剛好也是三組有意義的字），雖然都只在同一個位置上差一個音，但很顯然是兩個各自獨立且不同的發音要素，明顯造成字義的不同。語音學家藉由「最小同位音差配對」（minimal pairs）之對比方法來測試與區隔不同的單音與單字。但是要注意，很多拼字看似相似的單字並不表示它們的發音會形成「最小同位音差配對」，例如：bottle/`bɑtl/和little/`lɪtl/兩個字拼字雖然很像，但在音標中最前面有兩個音的差異，就不符合這個規則。另如bar/bɑr/和bat/bæt/，也是拼字只差最後一個字母，但是發音卻差了兩個音，這樣就不能符合「最小同位音差配對」的原則。

(2) 區隔音素特色（Distinctive Features）：用加(+)減(-)符號來標示有無該特性。之前提過語音學中音的分類，就是一種特色，如果要找出區隔特色，可以從不同的特色著手。例如：/p/是有雙唇音、無聲等特色，與/d/是齒齦音、有聲的特性不同。其區隔性就有幾種作註法：/p/為[+雙唇音, -聲音]，/d/則為[-雙唇音, +聲音]。

(3) 自然類別音（Natural Class）：不同的音素也許可以找到很多類似的發音方式與方法，音法學家會用簡化的特色標註法來將不同的音放在一起解釋。例如：[+fricative, -voice]=/f/, /θ/, /s/, /ʃ/, /h/。意旨後面這些個別的音素都可具有前面類別的發音特質，所以自然被放在一組中討論。

(4) 同位音（Allophone）：與音素相比，實際發音時，本位音素會產生一些發音質量的變化，在音法學中常見以下數種變化：

① 氣音（Aspiration）：同樣是音素/p/，但是發成氣音的[pʰ]。如：peak，及發成非氣音的[p]，如：speak，並不會改變這個音素[p]的本質，如此一來，氣音[pʰ]和非氣音[p]就成為同一個音素發展出兩種不同的發音方式。音素/p/上方出現的上標符號[h]是音法學家常用的氣音標註法（diacritics/diactric marks）。

② 鼻化音（Nasalization）：在鼻音前，任何一個母音都會變成鼻化音。如：man[mæ̃n]。符號使用上標[~]。

③ 拍打音（Flap）：符號使用[ɾ]。例如：在美式英文中，發latter[lǽɾɚ]這個字時會發成很像ladder的音。

④ 齒化音（Dentalized）：在[θ]和[ð]之前的音稱為齒化音。如：fifth[fɪf̪θ]、health[hɛl̪θ]。符號使用[ˌ]。

⑤ 同位音的呈現（Level of Representation）：在音法學中，同位音的形式標示以氣音為例說明如下表1.6：

圖表1.6：音素及同位階發音

上圖中的最上位斜線（/　/）就是音素標註法（phonemic transcription），代表本位音，下位則為兩個同位音（allophones）用allophonic transcription（[　]），代表產生音的一些變化。

在正常的口說有上下文的輔助時，這些同位音的發音往往不會造成溝通上的困擾，或對意思的誤解。例如：speak的[p]正常發音本是非氣音，但如果是發成氣音，多半還是可以理解是同一個字。但是，有些地區的英語學習者在氣音/p/的發音不明顯時，倒很容易讓聽者以為是/b/的發音。記得我自己在看一部電影是有關33位礦工生還的故事（The 33），劇中一位南美人唸/pæstɚ/（pastor，牧師），我在尾音也聽不清楚的情況下，解讀成/bæstɚd/（bastard，壞蛋），因為這個字也是看英文電影常會聽到的，所以我以為說話者是用粗話不禮貌用語在稱呼劇中身為牧師的角色，但觀察雙方角色互動後不久才驚覺這就是所謂的地方口音，因為自己不習慣，而造成誤解的狀況。

2. 一個字裡面音的組合結構

在音法學中，有一支重要的討論稱為音組合學（phonotactics），旨在研究符合規範的音素組合法則。一個有意義的英語單字的發音，應該至少有一個母音，例如：我（I），母音為/aɪ/。因此，母音為一個核心部位，簡稱為音結核（nucleus），形成一個基礎的音節（syllable）。當然一個音節中，母音前面的部位也可以有其他單一或多個子音，稱為音節頭（onset），而母音後面也可接其他子音，造成音結尾（coda）。一個音節中的韻腳（rhyme）並非從音節頭算起，而是從母音這個核心部位到結尾音為止。另外要注意到兩種音節的主要種類：

(1) 開音節（Open Syllables）：有音節頭和音節核，但沒有音結尾。

(2) 閉音節（Closed Syllables）：有音節尾子音的存在。

下圖1.7表示音節的整體概念：

圖表1.7：音節的結構

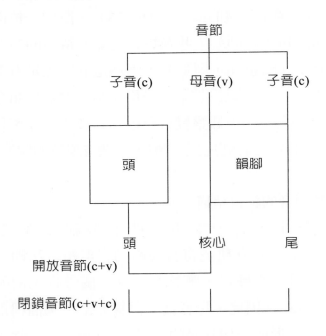

目前英語在音節頭的合法子音群（consonant cluster），一般來說可發現到3個，而在音節尾的部分也可發現到3個之多。這種整個音節的組合可作註為CCCVCCC，C代表consonant，V代表母音，例如：優勢（strengths）的複數型發音[strɛŋθs]。

3. 單音節與多音節

通常一個較多字母的單字會出現多音節，這時就會有重

音節（primary stress），或次重音節（secondary stress）的區別，甚或是第三弱音節出現。例如：名詞準備（preparation）/ˌprɛpəˋreʃən/，主要重音在-tion前面的音節，但是/ˌprɛpə-/的次重音節中出現的兩個母音，所以第二個母音就會是第三個弱音節。值得一提的是母音/ə/永遠只能出現在弱音節的母音，所以也被稱爲弱母音（schwa）。

4. 正常說話時發音的討論

(1) 一起發同部位音效應（Coarticulation Effects）

發音時前後的音連在一起有時會發生發音部位、方式或音質的改變。這種改變十分容易理解，用中文打個比方：「我今天吃牛肉麵」，在正常的口語中發音牛肉麵，至少以臺灣的中文發音而言，因爲這三個字的讀音牽涉到發音部位和方式的不同，說話時很容易自然因便利發音（ease of pronunciation）的結果，產生中間的「肉」音會快速帶過而變成較不清晰的狀態，跟單獨發一個「肉」字聽起來應該是不同的。

在英語語言裡，這種常見的一起發同部位音的情況如下：

① 同化音（Assimilation）：當兩個音在一起時，其中前面一個音可能會被改變爲別的發音方式，這種過程稱爲「同化音」。例如：I have to go中have to的音應該是/hæv to/，但是在同化音時會變成/hæftə/。

② 鼻音化（Nasalization）：在鼻音前的那個母音會變成鼻音。例如：can是[kæn]，母音/æ/會被後面的/n/鼻音化。

③ 同一部位的鼻音發音規則（Homorganic Nasal Rule）：
之前所提有不同的否定前綴詞素im-, in-, ir-等，是因發音規範
所致，因為鼻音的前綴詞跟原字根的首位字母發音需在同一個
或接近部位，以便於發音。例如：in-significant，il-legal，in-
complete，im-possible，ir-regular等。

④ 變形音素（Allomorph）發音法：要觀察的是字根字
（以下用斜體字呈現）最後一個音（以下用底線呈現），然
後才能判別加上ed或s之後的發音規則，如：過去式（past
tense）加上ed後有三種發音的可能性/t/、/d/、/ɪd/，複數形
（plural form）或動詞加上s後也有/s/、/z/、/ɪz/三種讀法。
這其中一個原因是受制於字根字本身尾音分別為無聲及有聲
音的差別，如：無聲尾音/ʧ/加上/t/ stretch-ed、有聲尾音/ɪ/加
上/d/ enjoy-ed、無聲尾音/k/加上/s/ cook-s、有聲尾音/ɚ/加上
/z/ cooker-s。而另一個原因則是若最後兩個連續的音有發生
發音部位的困難就需要調整為/ɪd/或/ɪz/，尾音齒齦音/d/加上
/ɪd/，如：hand-ed，齒擦音（sibilant sounds）/s/、/ʃ/、/ʧ/、
/dʒ/則加上/ɪz/ bus-es、wish-es、teach-es、wage-s。不過，在
英語中發成/ɪd/或/ɪz/的機會最少，所以可先特別注意這些少數
的特例。有關演繹推論公式法，讀者可進一步參考Fromkin,
Rodman, & Hyams（2014）的詳細解說。

⑤ 省略（elision）：沒有發出一個字裡的其中一個音。例
如：every [ɛvri]，弱母音/ə/省略。

(2) 不同字之間的連音（Sound Modification of Two Words）

　　往往母語人士在正常的口語習慣中會將有些字的尾音和下一個字的首音連結起來，其方式有二：

　　① 混合音（Blending/Linking-up）：此類的單字或字串列舉如：kind of發音時成為/kaɪndəv/而不是/kaɪnd/和/əv/分開的發音。

　　② 變音（Sandhi）：被連結的音發生了音質的改變。例如：Don't you發成類似/*dontcha*/。

（四）句法學（Syntax）

　　臺灣學生常說自己的「文法」不好，其實多半想到的是指句型（sentence structure），也就是語言學中的一門重要討論領域句法學，是用來分析與描述句子的結構。在此列出句法學常出現的幾個關鍵特質（另見第四單元列出與文法教學相關的概念）。

1.規則性：產生文法與樹狀圖（Generative Grammar）

　　將母語人士使用的無限句子及其意思用數個有限的文法規則整理出來，就是產生文法（generative grammar）專注的焦點。這方面的世界知名專家之一就是Noam Chomsky（另見下一單元語言能力的界定）。比如說：語法學家可從現有母語人士的語料庫（corpus），也就是曾經使用過的句子用來生成規則，所以也有人翻譯為「生成文法」。例如：分析兩個句子我愛你（*I love you.*）及這寶寶愛貓（*The baby loves the cat.*），

最後分析規則的結果是來自於同一個句型結構S＝NP＋VP或S＋V＋O。

　　句法學家常用樹狀的線路圖表（tree diagram）來分析一個句子的結構，句子樹狀圖常用代號及簡稱條列如下表1.8：

圖表1.8：句子結構中常見代號

N	名詞	NP	名詞片語	Det	限定詞
V	動詞	VP	動詞片語	Adv	副詞
Art	冠詞	Adj	形容詞	Prep	介詞
Aux	助動詞	Pro	代名詞	PP	介詞片語

　　以上這些代號也是字典或文法書使用來分析與解說的代號。其樹狀圖內部的數個重要成分如下：

　　(1) 句子（S）：多含有名詞片語及動詞片語。

　　(2) 名詞片語（NP）：常見冠詞／定冠詞+〈形容詞〉+名詞（Det＋N）。

　　(3) 動詞片語（VP）：動詞+名詞片語〈介詞片語〉〈副詞〉。

　　(4) 助動詞（Aux）：直述句型放在NP和VP之間；疑問句時放在句首。

　　(5) 介詞片語（PP）：介詞+名詞片語。

　　舉一個下面的圖1.9來說明：

　　最上面一個階層——句子（S）結構上含有第二個階

層──名詞／名詞片語（NP）＋動詞片語（VP）。接下來第三層的NP及VP則有各自的片語組成結構。

圖表1.9：句法學中的樹狀圖

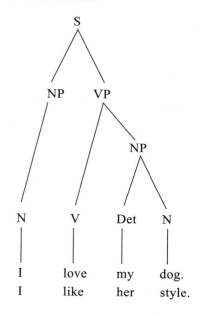

2. 移動性（Movement）

依據不同的表層句型（surface structure），樹狀圖尚可畫出不同的分枝方法，甚至肯定句變成疑問句或主動句改成被動句型也能畫出視覺上的移動規則（movement rule）或變形規則（transformational rule）。這種規範是一種把句子的一部分，可能是一個字或一個詞，合乎語法規範的移到另一個地方。例如：形成一個問句可將助動詞加到或移到肯定句的句首，這句你能幫我忙（You can help me.），變成疑問句你能幫我忙嗎？（Can you help me?），英文是移動助動詞的方式；又如：時間

副詞（昨天yesterday、今天today、今早in the morning），可放句首也可放句尾。

3. 普世通用性（Universal Grammar）

　　句法學者用樹狀圖以便呈現語言的結構性，卻也發現了句法的另一種特質就是規則普遍性，也有人翻成普遍文法（UG: Universal Grammar）。儘管表面的結構（surface structure）也就是句子字的順序或許有些不同，但是深層結構（deep structure）也就是構成句子結構的成分中發現很多相同性，例如：英語文法的主動或被動句有共同的片語結構（phrase structure）。因此，學者Noam Chomsky提出了這個重要的理論（UG），指的是這些結構就存在人類的腦中，因此很自然地人類就都有發展語言的能力。

4. 詞彙規範性（Lexical Rules）

　　當我們用樹狀架構規則組合句子時，必須合乎詞彙規則（lexical rules），不但要注意字的詞性，也要注意到字的意思，否則很有可能一個合乎文法規則（樹狀圖）的句子，並未具有合理的意思。舉例來說，在同樣的動詞片語Verb phrase（VP = V + NP）結構下，我們可以判定關鍵字book引起排序不同而有不同的詞性：Book a table的book是動詞，但是Buy a book的book則是名詞。另一方面來說，即使符合樹狀圖的規則，有些字的組合卻不符合正常的意思，如：吃桌子（Eat a table.），就不如吃蛋糕（Eat a cake.）來的正常。

還有另外因多義字的因素，例如：銀行、河堤都是同一詞性名詞bank，所以句意不清（ambiguity）的現象並無法用樹狀圖來解決，也就是說，儘管結構文法樹狀圖可以簡化句型的公式，但有時並無法解決句意的問題（可另見下面談及語意學的概念）。

（五）語意學（Semantics）

　　語意學是一門對單字、詞語、句子等字面上的意義進行研究的學科，但意思千變萬化，所以一個母語人士的內化語意知識十分難以界定。Saeed（2015）提到了數個定位一個人語意知識的困難在於(1)定義的精確度、範圍、及跨語言間的翻譯問題；(2)語言知識與百科全書收錄的知識是否等同？此外，母語人士的語意知識是否都相差不多？；(3)語言使用在不同的上下文也可能有不同的語意解釋。Saeed也提出了解決這些困難的辦法：(1)解決精確度的辦法就由語意學的理論發展中使用語言分析時用的語言（metalanguage）來解決，例如：解釋文法的常用語言有「名詞」、「動詞」；(2)以母語人士普遍的內在詞彙能力，就是類似字典的解釋方式為依據；(3)也可區隔一個字詞句的基本本意（literal meaning）為語意學基礎研究，但若還有因溝通時說話者想要造成在特定的上下文或情境所衍生出的含意、言外之意、引申或暗示意等討論，簡單說是說話者的意思（speaker's meaning）或是聽話者的意思（hearer's interpretation）則可劃分到語用學（Pragmatics）領域討論。以下先介紹在語意學中的核心概念。

1. 詞彙語意學（Lexical Semantics）

(1) 字義分析法

如前所述，由於字的意思討論牽涉極多，衍生出另一個獨立的歸類來討論，稱為詞彙語意學。分析字義法有一種是以其特色（semantic feature）來標註，類似之前音法學標註法有其特色則用+表示，若無則用-表示。如同女人（woman）：+adult/+human/+female/…等，但是女孩（girl）則是-adult/+human/+female/…等。

但是這樣的意思成分分析已經發現明顯的漏洞，除了如前所述的定義精確度及範圍問題，尚有性別意識或概念的問題。如果一個外表生理特徵為女性，其實心理特徵卻為男性，那這樣的概念如何滿足學理上的成分分析。另外還得面臨決定哪些成分是必要的（necessary condition）、要包括到何種程度才算足夠（sufficient condition）、還有母語人士內在有的核心概念（prototype）、語言感覺（sense）、及相關性（relations）的共識範圍，都是這種概念分析法所會面臨到的困難。

(2) 字義之間的關係

以下提及一些基礎的詞彙在意思的層面上之複雜關聯性：

① 同義詞（Synonym）：指兩個或多個單字有類似的意思。如：染色（color、dye）。

② 反義詞（Antonym）：指單字有相反的意思。還可細分為下列三種反義詞的類別。

A. 分級反義詞（Gradable Antonym）：有程度階級上的差

別，是比較級的，但兩者的程度可以拿來比較（單位相同所以可以比較），例如：大／小（比例）、熱／冷（溫度）、快樂／悲傷（情緒）。

B. 不可分級的反義詞（Non-Gradable Antonym）：與上述的性質不同，沒有程度的概念，也不可能用在比較級的形式。例如：生／死、存在／缺席、睡／醒。

C. 反向性反義詞（Reversive Antonym）：指其中一個的意思是另一個的反向操作。例如：進／出、升／降。

③ 同音字（Homophone）：指兩種或多種不同的書寫形式的單字，但具有相同的發音。例如：write、right等。

④ 同形字（Homonym）：指兩個單字有相同的書寫形式，甚至也跟上述③一樣有相同發音，但是不同的意思。例如：上述所提之book，可以是「書」，也可以是「預訂」。

⑤ 多義字（Polysemy）：指一個單字有兩種或多種意思。如上述所提之bank（P.33）。

⑥ 字的變形關係（Derivational Relation）：Saeed（2015）整理出兩種變化形式，一是動詞（verb）詞性的變化，有些動詞像是開啓（open）、成熟（ripe）可以是形容詞，也可以是動詞，或者是被外力導致而成的狀態；而有些動詞可從形容詞變化而成動詞，如：rich、enrich這一組字，或是形容詞dead最常見的死亡的意思可跟die有所關聯，可是如果dead是另一個令人喪失感覺的意思，則會跟動詞使減弱deaden產生關聯。第二種字的變形法來自於因執行動作的角色把動作改成名詞（agentive noun）的變化，如：操作（operate），變成操作者（operator）、訓練（train）變成訓練者（trainer）。

英文中變成-er的情況比-or多。不過也不能隨便無限延伸此種變法，例如：cook是動詞也可是名詞，如果變成cooker倒跟人沒有關係，而是煮飯的鍋具器皿。

⑦ 上位詞（Superordinate）和下位詞（Hyponym）：指概念範圍廣或較狹隘的關係。例如：家具概念中可包含床。家具概念較廣為上位詞，而床的概念較為狹隘，則為下位詞。

⑧ 共同下位詞（Co-Hyponym）：指多個下位詞擁有同一個上位詞。例如：家具概念中可包含三種項目：床、沙發、鞋櫃，那這三種就都在同一位階，就是共同下位詞。

⑨ 關係詞（Meronym）：指單字之間有部分（part）和整體（whole）之間的關係。例如：身體中有手、腳，為身體的一部分。

⑩ 轉義詞（Metonym）：這個專有名詞跟上述⑨的拼字十分接近，指一個單字常被取代成為另一個有緊密「概念」關聯的單字。例如：China這個國家產的陶瓷世界聞名，所以英文就產生了小寫字母開頭的china表瓷器，很多高級的杯盤底下都印有骨瓷（bone china）的字樣。又如：美國白宮（White House）一詞已經涵蓋「總統官邸」或「政府組織」四個字的概念；而英國則用Buckingham Palace（白金漢宮）這個建築物整個名稱表示皇室、Westminster（威斯敏斯特）表示議會或政界。多看報紙、新聞報導、或當地刊物、文宣等就會很熟悉這些使用法。所以了解轉義字有時得多加了解地方社會文化等多重層面。

⑪ 個體與群體關係：如：樹（tree）跟森林（forest）之間的關係。

⑫ 數量關係：如：瓶子（bottle）或公升（liter）和牛奶（milk）、一張（sheet/piece）和紙（paper）產生的關係。

⑬ 成長關係：如：男孩（boy）和男人（man）產生的關係。

⑭ 性別關係：如：男性（male）和女性（female）、公狗（dog）和母狗（bitch）、寡婦（widow）和鰥夫（widower）等產生的關係。

上述講的都是一種單字之間的結合關係，表示人類的心中存有的單字意思（mental lexicon）來自於很複雜的關聯性（參見Aitchison 1994）。而且屬性的關聯，有時也因文化而造成不同之處，例如：中式與英式思維對某些字的概念像是孝順，會產生不同的連結網絡（Cortazzi & Shen 2001；Shen 2005）。

2. 句意分析法

(1) 詞的組合（Phrase Structure）

之前提到的句型在句法學中的討論，發現到同一個句型很有可能因為字的代換代表不同的句意，如：同一句型NP+V+NP，可以是「我愛你」（I love you.），但跟「你愛我」（You love me.）的意思不能畫上等號。此外，不同的句型如：主動式和被動式的表面（surface level）是有差異的，但是語法上卻有深層結構（deep structure）的相同成分。而在語意學中，若以邏輯學的方法討論意思，會發現主動和被動式都有一個共同的意思元素（proposition）。主動式「我」是行為者

（I love you.）等同於被動式的意思（You are loved by me.）前後位置並未改變掉這個主動性。

　　此外，兩個看似相同字的順序，卻可能有兩種不同的意思。例如：這一句（Visiting scholars can be boring.）可以表示「來的訪問學者應該讓人覺得無趣」（Scholars who are visiting can be boring.）。但是看來相同字的順序（Visiting scholars can be boring.）卻可以表示「去拜訪學者（的這件事）應該是蠻無聊的」（It can be boring to visit scholars.）。因此，這兩句的基本意思元素就不相同，因為如果根據前一小節語法學家的說法來分析句子的結構，這裡有兩種不同的深層結構的句型（deep structure），因此若沒有上下文的輔助，或是進一步與說話者釐清其意涵往往會造成語意不清（ambguity）的情況。

(2) 語意元素（Proposition）

　　如前所述，句型的主動及被動式其實都有一個共同的語意元素。還有一種情況是看似簡單的一個句子，語意學卻可以分析出數個意思元素。如：這句湯姆的朋友，瑪莉，是一位老師，喜歡吃草莓（Tom's friend, Mary, who is a teacher, likes strawberries.），其中可含下列四種意思。

湯姆有個朋友。（Tom has a friend.）
朋友的名字是瑪莉。（The friend's name is Mary.）
瑪莉是一位教師。（Mary is a teacher.）
瑪莉喜歡吃草莓。（Mary likes strawberries.）

(3) 角色（Role）

語意學家也會利用句子中的實體（entities）角色，總稱為意思角色（semantic roles）或近年常見英文使用主題角色（thematic roles）來分析一個句子中這些角色與動作之間的意思關係（Saeed 2015），但是也有學者如：Yule（2014）的分類會將下列②和③歸為同類：

① 主事者（Agent）：可以執行動作的實體。例句：「這男孩」吹氣球（**The boy** blew the balloon.）。

② 受事者（Patient）：受到行動而改變的實體。這男孩吹「氣球」（The boy blew **the balloon**.）。

③ 主題者（Theme）：有關實體受到動作（行動／外力）而改變了位置或是描述實體的位置。「這氣球」在空氣中。（**The ballon** was in the air.）

④ 體驗者（Experiencer）：指如同人這樣的實體可受外在影響產生情緒、知覺等狀態。「這男孩」覺得快樂。（**The boy** felt happy.）

⑤ 受益者（Beneficiary）：兩個實體中的其中一個為接受者或受益者。這男孩為了「他妹妹」吹個氣球。（The boy blew the balloon for **his little sister**.）

⑥ 工具者（Instrument）：指被用來執行動作的實體。這男孩用「打氣筒」吹個氣球。（The boy blew the ballon with **a pump**.）

⑦ 位置（Location）：指實體的所在位置點。這氣球「在空氣中」。（The ballon was **in the air**.）

⑧ 起始（Source）：指實體移動的起始點。這氣球「從男孩手中」飛到了空氣中。（The ballon flied to the air **from the boy's hand**.）

⑨ 目的（Goal）：指實體移動的目的地。這男孩將氣球「放到空氣中」。（The boy let go of the ballon **to the air**.）

3. 字義、句意和上下文之間的關係

因為之前提到很多字義之間的關係，而句子又是由單字組合（word order）而成，因此不同的句子形成的上下文也就有了關聯性。例如：人類都是會死之軀，所以總有天會死（Human beings are **mortal**. So we will be **dead** one day.），這是經由同義概念產生了兩句之間的關聯（entailment）。使用前面一句所表述的句意，自然跟後面那一句是一樣的。

還有，一個句子之中還可能含有其他訊息，可以再用其他句子加以說明作為該句的假定或前提（presupposition）。例如：你應該要能先告訴我（You should have told me.），但前提是你並沒有這麼做（But in fact, you did not tell me.），前一句還隱藏了後面那個事實的結果。

語意學家也使用邏輯推論法（logic）來解析句意。當兩句話形成上下文時，往往可用亞里斯多德著名的三步驟邏輯論證法（Aristotle's Modus Ponens）推論其他的句子作為結論。例如：

第一步前提：瑪莉喜愛從公司離開後到超級市場買東西

（Mary loves shopping in the supermarket before she goes back home from her office.）。

第二步事實：她離開公司一陣子了但還沒回家（She is not home after she leaves her office for a while at the moment.）。

第三步推論：她有可能人在超級市場（So she may be in the supermarket now.）。

　　但是語意學家提醒分析句意的複雜性會因當時使用的情境發生變化，因此另一種語意分析法在於考量語言使用者或說話者常會因時、地、角度、或觀點的出發點不同，而使一般常態的意思（definitional meaning）有了使用上的轉變（referential/reference/denotational meaning），在分析意思時需要注意到「指示」（原來自希臘文deixis）的概念會影響意思的多元變化。例如：名詞片語（a bird）或（the bird）有基本固定的意思。但是如果是不同的說話者在使用這個相同的名詞片語，因為說話者不同、使用地點不同，所以很有可能在第一和第二句的鳥並不是同一隻鳥，也就賦予討論鳥時所造成意思上的變化。而第三句即使是不同的人看到了鳥，但是因為有了定冠詞（the）很明顯的與第一句的鳥是相同的。

第一句：**I saw a bird** yesterday **in my classroom**.

第二句：**He** saw **a bird** this morning **in his classroom** different from mine.

第三句：**She** saw **the bird** I saw.

由於使用語言產生的意思層面有時很廣泛，目前將語意學與語用學劃分了討論的焦點，語用學也發展成為一門重要的領域，甚至成為研究各社會文化語言用法中的基礎理論之一。

（六）語用學（Pragmatics）

語用學比較著重在實際日常生活中對話溝通產生出來的句子來探討其意思。甚至連對話中的語調、重音等因素，都有可能改變原本的句意。舉例來說，一句「我很累」（I am very tired.）就可在語用學領域內做出以下一連串的分析。

1. 說話行為（Speech Acts）

這句話在語意學中只會解出基礎語意元素（propositional meaning）或是表面意思（locutionary meaning），意即生／心理的疲勞狀態。但是語用學則會考量另一層使用者想要達到其目的之意思（illocutionary meaning）。

2. 引申意或涵義（Inference or Presupposition）

如果是在逛街很久的情況產生出來對話，很有可能說話者是逛街逛到很累，表示想要結束逛街活動或是想搭計程車而非坐公車等類似建議的意圖。

3. 間接表意方式（Indirect Speech）

如果聽話者理解其意，或許也會建議出解決說話者疲累的方式，如：搭計程車回家休息。如果這正是說話者所想的解決辦法，那麼這說話者就成功地達到其間接表意的方式。

4.禮貌性的方式（Politeness）

這種間接的表意方式，起因很多，有時可能是一種禮貌，是為了避免直接提出意見會造成他人的困擾。當然也可能是說話者怕被拒絕的緣故。在互動中避免尷尬場面也就是人際間合宜的互動方式。

另外有個例子是我曾經在逛百貨公司，每天就在即將關門時就放一首很有名的歌，歌詞中的開始就是「讓我們互道一聲晚安」，那正在逛百貨公司的顧客理應知道這表述的意思是請顧客儘早離開百貨公司，因為公司準備結束當天的營業，而如有購物的顧客理應也會趕著結帳。這也是很符合上述的各項原則討論。

總之，以上為在語用學中分析句子經過使用後產生的詮釋意（interpretation）的數個原則，其重點在於分析意思要根據時、地、人的實際狀況，並分析何種為社交常規（social norm）、並牽涉合適度（appropriacy）、正式和非正式（formal vs. informal）的使用。

（七）話語分析（Discourse Analysis）

有些學者們則專注於從語言的整體使用來分析說話者（spoken format）或寫作者（written format）的語言使用結構，也就是話語分析的焦點，在結構中常會發現有些特定的使用格式，簡單說，有起承轉合的常用法，不僅有文法上的

一致性（grammatical cohesion），也有思維邏輯上的連貫性（logical coherence）。

整體語言使用還需注意「四大溝通準則」（maxim of conversation）（見：Fromkin, Rodman, & Hyams 2014）。

1. 數量／長短（Maxim of Quantity）：根據各狀況和規範所需。
2. 相關（Maxim of Relevance）：切題。
3. 品質（Maxim of Quality）：根據事實、不說謊為原則。
4. 方式（Maxim of Manner）：簡潔、清楚、不模稜兩可。

以上這些語言學學理上的核心概念都是從不同的角度與焦點來分析英語結構，應變成一位英語教師的底層能力（underlying competence），也才能更了解英語系統的概況，以便輔助學生學習最重要的準則，因為下一章節的能力界定是跟這些概念有所相關。

由於本單元有關語言學的概念是很基本的大學語言學課程中多半都會涵蓋的關鍵概念及其解釋部分，建議儘可能精熟。當然，語言學概念還有很多，未來可以再選其他專業語言學相關書籍更深入了解（可見本書後列的書目資料）。若在自學時遇到概念不解時，除了網路查詢之外，亦可參考Richards and Schmidt（2013）所編的《語言教學及應用語言學字典》

（Dictionary of language teaching & applied linguistics），目前已經修正到第4版。

四、英語能力檢定須達一定標準

　　除了有基礎語言學知識幫助教師增加英語系統與結構的概念，還需要有一張佐證自己英語能力的證照。由於使用英檢證照多半只限參考兩年間能力的時效性，因此需將之列入自己何時應備好一張證照的考量。

　　目前教育部規定中小學英語教師要有CEFR或稱CEF（Common European Framework of Reference for Languages: Learning, Teaching, Assessment）之B2級以上，也就是要相當於全民英檢中高級或其他國際性標準化測驗之同等級別（如下表1.10），並加註英語專長。下表列出幾項臺灣大專學生常考之英檢考試。其他類別考試或規定可進一步參考教育部或各教育培訓大學之最新列表（如：台中教育大學網站http://ltmm.ntcu.edu.tw/eteach/expertise.php?eno=1&tab=5），因為有些規定會有些變動。其他各項有關CEFR的能力定義之詳細介紹屬於英語教學領域需要探討的能力目標值請參閱第二單元，而更細節的考試相關規定是為了實際職涯發展用途的訊息，則請參閱第五單元。

圖表1.10：臺灣常見英語能力測驗與CEFR語言能力（B2）參考
指標對照表

CEFR 語言能力 參考指標	全民英檢 (GEPT)	多益測驗 (TOEIC)	雅思 (IELTS)	托福（TOEFL）		
				紙筆* (PBT)/(ITP)	電腦* (CBT)	網路 (iBT)
B2 （中高級）	中高級複試	聽力400 閱讀385 （或口說160； 寫作150）	6.0	聽力&閱讀 PBT 527; ITP 543; 寫作4	197	聽力21； 閱讀22； 口說23； 寫作21

（註*：托福PBT已有部分區域停考，CBT已有停辦趨勢，建議未來若想考
托福或許應該尋找考場及場次上較方便而且也可用作申請國外留學、遊學
或交換學生的多元用途。）

　　總的來說，本單元主要是告知讀者，當自己存有一些意願
走向英語教學的生涯，要同時立志能夠有更紮實的英文底子。
除了透過語言學課程更了解英語結構之外，英語能力檢定考試
也不可缺少，這些都需要時間準備，宜及早在大學期間就下定
決心立志好拿取證照的目標。以下的單元將逐步介紹在英語教
學學程中應該會討論到的核心概念。

五、第一單元總複習與應用項目精熟度確認單

是否能說／寫出…?	是	還好	否
1. 英語（或英語教學）的歷史發展、地位及在全球化的發展			
2. 英語（或英語教學）在臺灣的重要性及發展			
3. 好老師的定義			
4. 語言學裡數個主要知識領域： • 形態學定義 • 語音學定義 • 音法學定義 • 句法學定義 • 語意學定義 • 語用學定義 • 話語分析定義			
5. 各種詞素的定義			
6. 一個單字的定義			
7. 子音的分類法			
8. 母音的分類法			
9. 音節的結構			
10. 句法結構的特性			
11. 構成意思的要素			
12. 分析句意的方法			
13. 有或無上下文對解釋意思產生的影響			
14. 演說或作文（通稱話語或篇章）得以達到溝通準則			
15. 在臺灣擔任中小學教師須達到的英檢考試能力值			
16. 整合語言學知識能力與英語教學能力的相關性			
17. 應用本單元的知識建議臺灣各級（小學至大學）學校英語教學的發展			

Part ❷
第二單元

英語學習
的
目標探討

　　英語教學的簡單目標在於提升與增強學生的能力。因此，要進入本領域首先要對「能力」的概念有一番了解。本單元將先討論定義能力的複雜性，然後再探討實用面向也就是所謂英檢能力的定義。

一、界定多元的能力：理論部分

（一）內在知識能力（Competence）與外在表現能力（Performance）之差異

　　廣義來說，這兩個詞都是表示一個學習者的語言能力。然而，嚴格來說，一個人表現出來的能力往往跟內在的所知能力不盡然是完全相同的。例如：我們如果定位學生的英語能力好壞，通常我們是看到學生在使用語言的狀況後所下的結論。那何以有時候某個學生在使用語言時有出錯現象，但卻又能立即改正錯誤呢？所以這就很可能說明了有時候一個人的外在表現能力並不等同於實際上的內在知識能力。

　　要更深入的了解這個兩個詞的差異性可以研讀Omaggio Hadley（2001）在第一章節的討論，她把這個區隔性說明的很清楚：內在的知識能力就舉Chomsky在1960年代所界定英美語的母語人士發展完全的語言能力為依歸，而外在的表現能力就是一個人使用語言的能力，但這表現能力有時也會發生口誤、失誤等較不完美的狀況。

（二）語言知識能力（Language Competence）與溝通能力（Communicative Competence）之差異

到了1970年代Hymes發現到Chomsky所界定的文法知識能力不盡然等同於其溝通能力，因為後者的能力應該還需外加對社會層面（social context）及場合（setting）情境上的了解（Omaggio Hadley 2001, p.3），比方說：跟老師約時間見面的禮貌口氣應該是和好朋友的用語不同，俗話說：「見人說人話」的道理就是明瞭他人跟自己的關係為何，知道如何做出合理的應對與進退。

此外，若是要評定兩個學習者的語言成績，A生與B生語言能力很好，筆試成績都是最高分，但是在社交場合語言的表達力及適切性卻有差異，那A生和B生的成績就應該會有高低的差別，因此Hymes比Chomsky對語言能力的界定範圍多增加了對溝通的重視，在英語教學的評量發展上有了更進一步的突破。

（三）語言溝通能力的分項指標

當語言能力在理論的討論上擴大範圍並趨於完整後，專家們便紛紛思考如何定義語言溝通能力的指標。發展到1980年代Canale & Swain等人發展出較完整的模式（Omaggio Hadley 2001, p. 6）。

1. 文法能力（Grammatical Competence）：是指語言使用者精通語言規則的程度，包括詞彙、發音、拼字、字詞構成的規則和句子的結構。這個能力要求逐漸發展到高階精通語言的

階段，也要求溝通時達到使用語言的準確性（accuracy）和精確度（precision）。

2. 社會化語言能力（Sociolinguistic Competence）：指的是語言使用者能透過不同形式傳達特定的溝通功能且能被理解或使用，這些溝通功能包含描述、敘述、說服、取得資訊等。不同的溝通主題、當事人的角色、和場景會決定說話者傳達的態度和選擇傳達的風格（style）和格式（register）。具有這種能力的學習者得以在向不同的對象談話時變化所用的詞彙、語法、發音、語調、甚至是肢體語言，也可以妥善使用非常不正式（informal）到非常正式（formal）的說話方式和寫作格式，甚至能洞悉跨文化差異。

3. 話語能力（意即篇章組織能力）（Discourse Competence）：具有此能力的學習者能在口說或書寫溝通時把想法有效的用文法格式結合（cohesion in form），並且使思想連貫流暢（coherence in thought）。若一個人具有高度發展的話語能力，會知道如何使用文法技巧，如：代名詞、連接詞、副詞、轉折片語等，也能夠很有技巧的表達及區別文中各種不同的想法與意義。

4. 溝通策略能力（Strategic Competence）：是指當語言表達及理解遇到困難或是所想表達的說法不被了解時，具有此種能力的學習者得以使用不同的語言或非語言上（如肢體語言）的表達順利達成溝通的效果。具體的有效策略包括換另一種說法、請對方放慢說話速度、再重複以及做更多的解釋等人際溝通使用的說話技術。

總之，溝通能力的理論界定在1970年發展之後，也影響到如何更多元認定一個人語言能力的問題。Chomsky的母語人士語言結構能力標準及Hymes的溝通能力定義的相同與相異處是一個值得討論的重點。前者明顯著重的是探討母語人士發展完全的文法能力，但是後者也並未否定文法能力在界定溝通能力的重要性，只是多加了一些在使用語言溝通時所應注意的要素。

　　5. 文化能力（Cultural Competence）：文化概念範圍可大可小，其實很難界定，因此早期理論將其區分兩大部分討論：一是大文化（big culture）就是明顯可看見的文化，如：文學、節慶、藝術、流行文化、食物。二是小文化（little/small culture），就是比較不明顯的、較為深層、受到潛移默化、日積月累的影響，像是溝通方式、習俗、習慣、信仰等包含語言或非語言的象徵。近來也有劃分成三種文化歸類：包含產物（products）、行為表現（practices）、價值觀（perspectives），簡稱為3P的文化結構（如：Bilash 2015）。

　　語言與文化差異的熱烈討論大多會依據經典的Sapir-Whorf理論為重點，認為不同語言有不同的文化。但若要說成完全不同，好像也過於強烈，因為有些人類的思想不全然透過語言也能有所交流。而且近來學者如：Anna Wierzbicka及Cliff Goddard等致力於發展全球化通用的共同詞彙（universal lexeme），已經發現了數十個語意相同的基本單字，稱為自然語意元素或自然後設語意（Semantic Primes or Natural Semantic Metalanguage）（參閱下表2.1）。

圖表2.1：Goddard & Wierzbicka的自然語意元素

基礎語意詞	基礎語意概念
I（我） YOU（你） SOMEONE（某人） SOMETHING/THING（某事物） PEOPLE（人） BODY（身體）	實體概念（substantives）
KINDS（種） PARTS（部分）	關係概念（relational substantives）
THIS（這） THE SAME（相同） OTHER/ELSE（其他）	限定概念（determiners）
ONE（一） TWO（二）	量化概念（quantifiers）
SOME（一些） ALL（全部） MUCH/MANY（多） LITTLE/FEW（少）	
GOOD（好） BAD（壞）	評價概念（evaluators）
BIG（大） SMALL（小）	描述概念（descriptors）
KNOW（知道） THINK（覺得） WANT（想要） DON'T WANT（不想要） FEEL（感覺） SEE（看） HEAR（聽）	心理表述概念（mental predicates）
SAY（說） WORDS（字） TRUE（真）	說話概念（speech）

基礎語意詞	基礎語意概念
DO（做） HAPPEN（發生） MOVE（動）	行動概念（actions, events, movement）
BE（SOMEWHERE）（在） THERE IS（存在） BE（SOMEONE/SOMETHING） （是）	存有概念（location, existence, specification）
（IS）MINE（是我的）	屬於概念（possession）
LIVE（活） DIE（死）	生命概念（life and death）
WHEN/TIME（當…時候） NOW（現在） BEFORE（在…之前） AFTER（在…後） A LONG TIME（長期） A SHORT TIME（短暫） FOR SOME TIME（一些時候） MOMENT（片刻）	時間概念（time）
WHERE/PLACE（在…地方） HERE（這裡），ABOVE（在…之上） BELOW（在…之下） FAR（遠） NEAR（近） SIDE（邊） INSIDE（裡面）	空間概念（place）
NOT（不） MAYBE（也許） CAN（可能） BECAUSE（因為） IF（如果）	邏輯概念（logical concepts）

基礎語意詞	基礎語意概念
VERY（非常） MORE（更）	強調概念（augmentors, intensifiers）
LIKE（像）	相似概念（similarity）

　　表中的概念（右欄）與用字／詞（左欄）是根據Goddard & Wierzbicka（2014）在所任教的學校官網上公告較新的發展，本書將其翻譯成中文（網路上公告的是翻譯成廣東話），所代表的意義是：儘管目前不能斷定未來人類語言相同的用詞及概念會是大多數還是少數，但是人類的語言已確認有共同概念與一些使用方式，文化溝通開始可能有了一些基礎橋梁。

　　因此早期著重跨文化溝通能力（cross-cultural communication）的名詞使用，現在轉成比較常見的專有名詞為文化間交際概念（intercultural communication）討論。文化間溝通能力是什麼？如同Mike Byram（1997）定義：文化間知識交流能力是要學習者同時瞭解自己的文化及所要學的第二語言文化，如此才能在文化間溝通，並且增進雙方的瞭解。基於目前各國語言文化表面上看來還是有所差異，因此如何促進文化間的交際議題也是亟待發展的教學和研究項目。

二、界定多元的能力：實測部分

（一）實用語言能力的劃分基礎

　　理論的發展使學者開始思考如何探測語言學習者表現能力的正確度（accuracy）與在溝通上的流暢度（fluency）。在實用

教學與測驗或在教科書的編寫上，能力分級也有越來越明確的定義。自從歐盟（Council of Europe）在2001年發表了歐盟共同語言能力架構（The Common European Framework of Reference for Languages，簡稱CEF或CEFR）三大階段能力（A：基礎階段學習者、B：獨立階段學習者、C：熟練階段學習者）及各階段再細分高、低兩個能力後，產生了共六種不同的能力分級（A1, A2, B1, B2, C1, C2）。目前全世界已經至少用了37種不同語言翻譯CEFR（University of Cambridge 2011），可見其廣泛通用的程度。由於CEFR已經成為全球化英語能力指標的主要框架，因此有必要對其具體的能力定義詳細了解（見下表2.2）。

1. CEFR六大能力總表

圖表2.2：CEFR能力描述

熟練者 （Proficient User）	C2 精通級	<ul><li>能輕易理解看到及聽到的所有信息。</li><li>能摘要口頭及書面資料，並且有能力連貫及有條理地再以簡報的方式重新組織資料的重要訴求。</li><li>能流利、準確、並隨時表達自己的意見；即便是較為複雜的語言使用場景，亦能有效地表達或區別出隱藏的深意。</li></ul>
	C1 流利級	<ul><li>能理解很多不同知識領域中難度較大的長篇文章，並了解言外之意。</li><li>能流利、隨意地表達自我而不需苦思適當詞彙。</li><li>能在社交上、學術上及專業的場合中靈活有效地運用語言資源。</li><li>能針對複雜的主題寫作，有效地組織文章、使用連接詞以便連貫文意的語句，撰寫出清楚、有條理且詳盡的文章。</li></ul>

獨立能力者 （Independent User）	B2 高階級	• 能理解具體或抽象主題的複雜文章中企圖表達的重點，並且能夠在自己的專業領域內參與技術性的討論。 • 能與以英語為母語的人士互動時保持流暢度，而不會造成雙方的緊張。 • 能針對廣泛的主題撰寫清楚詳盡的文章，並能針對各議題表述自己的立場，且提供分析自己立場的優勢與劣勢。
	B1 進階級	• 能理解一般在職場上、學校裏、及休閒場合中常見之主題。 • 能在國外旅行時應付大部分的狀況。 • 能針對熟悉或個人有興趣之主題撰寫簡單通順的文章。 • 能敘述經驗、事件、夢想、希望及志向，並能對看法及計畫簡短提出解釋或說明。
基礎能力者 （Basic User）	A2 基礎級	• 能理解大部分日常生活中（例如：工作、個人及家庭基本資料、購物、當地地理環境、聘僱等）常用的句子和表達法。 • 能夠有效溝通熟悉及簡單的例行性事務，也能直接進行基礎訊息交換。 • 能簡單描述個人背景、所處環境及切身相關之事物。
	A1 入門級	• 能理解並使用熟悉的日常用語、基本詞彙以滿足具體需求。 • 能介紹自己及他人並能針對個人背景資料，例如：住在哪裡、認識的人、以及個人擁有的事物。 • 能做簡單的互動與交流，但要在對方說話速度語速緩慢、清晰並隨時協助的情況下。

資料來源：歐盟英文版官網http://www.coe.int/t/dg4/linguistic/Source/Framework_EN.pdf

目前的趨勢多是以這六個等級爲準則，然後各家不同的英檢依照其分數的高下分別對應到CEFR。以下介紹四種在臺灣的大學生較常參加的不同英檢考試。

2. GEPT和CEFR的對應關係

　　在臺灣由財團法人語言訓練測驗中心制定的全民英語能力檢定考試因爲考試費用區分考試等級或項目收費，而學生多半會在高中以前循序漸進的測試自己的等級，考完初級接著考中級等等，因此十分普及。下表2.3列出GEPT與CEFR之間的相對應能力。目前擔任公職的英語教師須到達CEFR B2也就是全民英檢中高級複試階段（見前一單元）。

圖表2.3：全民英檢與CEFR能力值對照

CEFR	GEPT
C2	優級
C1	高級通過
B2	中高級通過
B1	中級通過
A2	初級通過

圖表改編自：https://www.lttc.ntu.edu.tw/CEFRbyLTTC_tests.htm

3. TOEIC和CEFR的對應關係

　　目前很多臺灣的大學生會選擇考多益，因爲價格與其他英檢考試相比之下較爲便宜，如果有的學校有校園考，那將會更便宜。而且教師資格考試或其他職場需求均可使用。預計未來將會變成大學英語課程使用的工具。例如：逢甲大學就從2015

年（104學年度）開始規定大一學生期末進行多益考試的檢驗。下表2.4爲多益和CEFR的對應分數。

圖表2.4：多益與CEFR能力值對照

測驗項目	CEFR等級分數					
	A1 入門級	A2 基礎級	B1 進階級	B2 高階級	C1 流利級	C2 精通級
聽力	60	110	275	400	490	無資料
閱讀	60	115	275	385	455	無資料
口說	50	90	120	160	200	無資料
寫作	30	70	120	150	200	無資料

圖表改編自：http://www.toeic.com.tw/file/13102025.pdf

4. TOFEL和CEFR的對應關係

下表2.5是根據臺灣ETS的官方網站所公告的對照表，其托福的聽、說、讀、寫分數也已經有了相對CEFR的英語能力等級（圖表2.6）。

圖表2.5：托福總分與CEFR能力值對照

測驗名稱	CEFR					
	A1	A2	B1	B2	C1	C2
TOEFL ITP		337	460	543	627	
TOEFL iBT			57	87	110	

圖表2.6：托福iBT四項能力與CEFR能力值對照

測驗名稱	CEFR					
	A1	A2	B1	B2	C1	C2
TOEFL iBT 閱讀			8	22	28	29
TOEFL iBT 聽力			13	21	26	
TOEFL iBT 口說	8	13	19	23	28	
TOEFL iBT 寫作		11	17	21	28	

圖表改編自：http://www.toefl.com.tw/about_201.jsp

5. IELTS和CEFR的對應關係

　　根據IELTS官方網站，CEFR和IELTS之間經過了研究及數年來累積考生的成績結果，也制定出兩者對應表（如下表2.7）。

圖表2.7：雅思與CEFR能力值對照

IELTS	CEFR
9.0	
8.5	C2
8.0	
7.5	
7.0	C1
6.5	
6.0	

IELTS	CEFR
5.5	B2
5.0	
4.5	
4.0	B1

圖表來源：http://takeielts.britishcouncil.org/find-out-about-results/understand-your-ielts-scores/common-european-framework-equivalencies

（二）英檢考試能力評分標準

　　目前在臺灣常見的英文檢定，大致分成聽、說、讀、寫四項技能的檢定方式。由於聽力與閱讀常用選擇題出題，因此有明確的正確答案。而口說和作文的評分方式，往往因有不同的考試官或評分者，為求認定結果上的一致性，評分標準（rubric）使用詳細的敘述來劃分不同的等級。

　　以口說標準來看，發音、語調、重音、流暢度、複雜程度、表達意見與支持論點的程度、少錯誤、回應／反應的快慢等都是要求的重點。例如：多益區分了1到8低到高的等級；托福區分0-4低到高級；GEPT則有0-5低至高的等級；雅思口說與下列將介紹的寫作兩部分相同，都區分了0-9低到高的等級。

　　以作文來說，托福和雅思都詳細的訂出鑑定這部分的標準。下表2.8中的托福作文評分方式，是根據ETS（2012）官方出版考試說明的五個等級：

圖表2.8：托福寫作能力評分表

分數		指標描述
5	內容	表示有達成以下條件： • 能有效率地闡述主題 • 非常有組織，有清楚合適的解釋、舉例或細節 • 有中心思想、發展有連貫性
	文法	• 展現一貫的語言使用句法變化，用字恰當，僅有極小的詞彙或文法錯誤
4	內容	表示有達成以下條件： • 能清楚闡述主題，雖然有些重點未能完全詳盡 • 組織有條理，有適當足夠的解釋、舉例或細節 • 有核心，有連貫性，雖然會有冗長，或不清楚的連結
	文法	• 展現一貫的語言使用句法變化，用字恰當，僅有極小的詞彙或文法錯誤但不致影響對意思的了解
3	內容	表示有達成一個或更多如以下的要件： • 具有某些良好的解釋敘述主題 • 有中心思想、有連貫性，雖然想法的連結有時模糊 • 用字或句型不正確而導致意思不清楚，甚至造成奇怪的意思
	文法	• 展示出正確但有侷限的字彙範圍
2	內容	表示有一個或更多以下的弱點： • 因應主題的文章發展有限 • 不適當的組織或想法連結 • 不適當或不足的舉例，解釋或細節去支持主題，或詳述概括
	文法	• 用字明顯不正確，句子組織或句法錯誤多
1	內容	表示有一個或更多如以下的嚴重錯誤： • 非常無組織條理，或缺乏發展 • 很少或幾乎沒細節，或不相關的具體重點，或令人質疑是否有因應主題
	文法	• 用字、句子組織或句法明顯錯誤極多
0		表示抄襲主題文章中的字、違背主題或與主題無法連結，使用非美語書寫，含有鍵擊字（鍵盤符號），或是空白的。

與托福相比，雅思在寫作的評分要求上根據其官方的英文公告的第一個任務版本，區分了較細緻的0-9各區間等級，而各等級尚有四項指標。下表2.9可見雅思十分注重(1)根據題型達成任務的程度、(2)連貫與銜接的能力、(3)詞彙的使用程度及(4)句型變化與文法正確度四大指標。

圖表2.9：雅思寫作能力評分表

分數	任務達成度	連貫與銜接	詞彙來源	句型範圍及準確性
9	• 完全達成寫作任務的要求 • 充分發展論點	• 行文流暢不阻礙讀者持續閱讀 • 有技巧的分段	• 自然與成熟的使用豐富的詞彙；只有出現輕微錯誤，且僅屬筆誤	完全靈活且正確運用多種的句型結構；極少出現錯誤，且僅屬筆誤
8	• 充分符合各部分任務的要求 • 呈現、強調、解釋寫作任務中的重點	• 有邏輯的組織與進展 • 所有銜接運用得當 • 充分應用改寫技巧	• 流暢與靈活使用很多詞彙，並能準確表意 • 有技巧地使用不常見的詞彙，但偶有選字及搭配詞出錯現象 • 拼寫及／或詞類變化方面錯誤極少	• 運用多種語法結構 • 句子大多準確無誤 • 錯誤或不當使用之處極少出現
7	• 涵蓋各部分的要求 • （學術性寫作）清楚呈現整體的觀點、差異性、發展	• 有邏輯地組織重點與想法；清晰的行文發展	• 使用很多詞彙讓行文彈性變化，並能準確的表意	• 運用很多複雜的句型 • 多數句子未出現錯誤

分數	任務達成度	連貫與銜接	詞彙來源	句型範圍及準確性
7	• （一般性寫作）清楚呈現主要目的，並呈現語氣一致性與適切性 • 呈現、強調、解釋了寫作任務中的重點，但應該再多加闡述	• 恰當地使用很多銜接技巧，不過有時有使用不足或多餘的現象	• 使用不常見詞彙，並對格式及搭配詞有些認識 • 偶爾有選字、拼寫及／或詞類變化錯誤	• 文法及標點符號控制良好，但有少許錯誤
6	• 陳述了各部分要求的任務 • （學術性寫作）適切的選擇訊息來大概介紹整體重點 • （一般性寫作）雖然大致呈現清楚的目的，但有時不太清楚；語氣很多變化，但有時不太妥當 • 呈現與適切的強調重點，但細節不太相關、不妥當或不正確	• 組織有連貫性，且大致說來行文發展清楚 • 能有效地使用銜接技巧，但句型的銜接規則有誤或過於死板 • 無法保持清晰或恰當地引用資訊	• 使用足夠的詞彙 • 嘗試使用不常見的詞彙，但有時並不正確 • 在拼寫及／或詞類變化方面有錯誤，但不影響溝通上的了解	• 混合使用簡單句與複雜句型 • 在語法及標點符號方面有些錯誤，但不影響溝通上的了解

分數	任務達成度	連貫與銜接	詞彙來源	句型範圍及準確性
5	• 大致說明了寫作任務的需求；格式有時不甚恰當 • （學術性寫作）細節陳述死板，而且未能提供整體重點概要；無法印證來支持所陳述的觀點 • （一般性寫作）在信中陳述目的有時不太清楚；語氣有變化，但有時不正確 • 雖能夠提到主要論點，但多半未能充分涵蓋；傾向過度陳述細節	• 有些組織能力，但整體來說缺乏整體發展布局 • 使用不足、不正確或過度使用銜接技巧 • 未能相關引用和整合取代相同訊息，顯得行文重複	• 使用有限的詞彙種類，但尚能達到寫作任務的最低要求 • 在拼寫及／或詞類變化方面有明顯出錯，且會對讀者造成一些閱讀理解困難	• 僅能使用有限的句型結構 • 試圖使用複雜句，但複雜句的正確度常不及簡單句來得正確 • 句型及標點符號使用常有錯誤；這些錯誤會對讀者造成一些閱讀困難
4	• 嘗試回應指定的寫作任務，但並未涵蓋所有重點；寫作格式不甚恰當	• 呈現了訊息及想法，但未能連貫地組織起來，且回應未能清楚的推展	• 只重複使用基本詞彙，但卻重複多餘或不適合使用於此次的寫作任務	• 僅能使用非常有限的句型，並不常見使用從屬子句

分數	任務達成度	連貫與銜接	詞彙來源	句型範圍及準確性
4	• （一般性寫作）未能清楚在信中陳述目的；語氣也不恰當 • 誤解寫作重點提示；文中說法不清楚、不相關、重複多餘或不正確	• 使用了一些基本銜接技巧，但並不正確或有重複使用現象	• 對詞類變化及／或拼寫掌握能力有限；錯誤會對讀者造成一些閱讀困難	• 一些句型結構正確，但錯誤還是佔多數，標點符號也經常出錯
3	• 未能表達寫作任務的要求，應該是完全誤解了任務需求 • 提出有限、不大相關甚至不斷重複多餘的想法	• 未能有邏輯性地組織想法 • 所用銜接技巧十分有限，甚至想法不太合邏輯	• 只使用十分有限的詞彙及說法，對詞類變化及／或拼寫的使用能力也非常有限 • 錯誤嚴重影響意思的傳達	• 嘗試造句，但嚴重的文法及標點符號錯誤，造成意思不得理解
2	• 回答未能符合任務的要求	• 缺乏組織能力	• 詞彙種類的使用極為有限；更沒有詞類變化及／或拼寫能力	• 無法造句，但可發現使用預先背誦的詞語
1	• 回答完全與任務的要求無關	• 沒有溝通的能力	• 僅能使用少數無關聯的詞彙	• 完全無法造句
0	• 缺考 • 未嘗試寫作 • 寫出預先背誦好的內容			

總之，目前各種英檢考試在與CEFR的能力指標對應之後，對學生在不同英檢考試鑑定的結果，可以產生比較一致性的能力界定指標。但在理解能力界定清楚之後，另外一個重要的探索議題就是探究語言學習到底是如何發生的，而且發生了何種結果，也就是會產生何種能力，這兩大重點就是下一單元有關語言習得的討論。

三、第二單元總複習與應用項目精熟度確認單

是否能說／寫出…?	是	還好	否
1. Chomsky界定以英語為母語人士的語言能力			
2. 內在的知識能力和使用能力不同之處			
3. Hymes何以認為Chomsky對語言能力的定義有不足之處			
4. 完整的語言溝通能力指標 • 文法能力的定義 • 社會化的語言溝通能力的定義 • 話語或篇章組織能力的定義 • 溝通策略能力的定義 • 文化能力的定義			
5. 學者Wierzbicka 及Goddard所發現各語言的共同概念詞			
6. 歐盟架構的能力指標分級有幾個			
7. 整合不同英檢考試評定作文分數的主要原則			
8. 整合不同英檢考試評定口說分數的主要原則			
9. 應用文化能力的定義討論在整體溝通能力養成的重要性			
10. 應用各英檢能力指標或檢定，討論英語教學需注意的原則			

Part 3

第三單元

語言習得概述

世界上語言種類之多，但第一語言的發展似乎都呈現某些神奇的、而且具有典型的階段性發展特徵，因此各種不同的理論及假說陸續提出，以便解釋某些語言發展的特性，這就是語言習得（language acquisition）課程探討的焦點。

由於第一語言習得不但是發展第二語言習得的重要基礎也是一個跨其他學門教學、研究領域（如：華語教學或教育學的核心課程、及資訊輔助學習）的基礎概念，因此熟知語言習得的討論重點有其必要性。本單元將著重在介紹習得英語的階段發展及數個知名的理論。

一、英語語言習得階段

從嬰兒出生後各種聲音的製造、進而得以讓他人分辨其聲音的意思、然後輸出一些單字、詞語，到發展成句型的說話方式，一直到進入小學階段時第一語言習得發展仍未完全發展成熟。

Lightbown & Spada（2013）以英語為例，很清楚地給了不同時期的發展說明，在此簡要摘要成下列表格3.1，以便快速明瞭各個階段的發展特色。

圖表3.1：習得英語的發展指標

	年齡	特徵	範例
學齡前	新生兒、幼兒期：最早的發聲期	哭、笑等聲音	當他們飢餓時的哭聲
	幾個星期～1個月	可以聽出聲音的細微不同處	得以分辨「pa」和「ba」
	幾個月	牙牙學語	模仿語言的特色或他們聽到的聲音
	約一歲	理解一些經常使用的重複字（問候語）和開始說出一、兩個可辨識的詞彙	揮手（掰掰）拍手
	兩歲	聽懂大約50個詞彙，開始會組合造出簡單的句子，如同「電報式」的表意方式	「媽媽果汁」或「寶寶掉下來」
	三歲以後	文法概念習得有其順序；	• 文法詞素 1960年代，Roger Brown研究發現14個文法詞素非常相似的發展順序：動詞加上-ing的變化最快習得。 • 否定語法 拒絕或否決：最先學會加上no。 • 問句 順序為：「什麼」→「誰」和「哪裡」→「為什麼」→「如何」和「何時」

	年齡	特徵	範例
學齡期	三歲以後	得以運用複雜的句子和語言	被動句型和關係子句
	四歲	掌握語言的基本結構；規則的變化	• 提問題、給指令、給意見 • 闡述事情經過、想出有創意的故事 • 使用正確的詞序和語法標記 • 可以在名詞後面加上複數，已經可以分辨出單數和複數
	在這時期末發展完成的英語能力： • 不會使用時間副詞：明天或下星期。 • 無法完全理解不規則複數的使用。		
	五歲後	• 發展更複雜的語言學意識 • 學習閱讀 • 理解語言具有形式以及意義 • 驚人的詞彙量成長	• 認識和表達上百個或約一千個詞彙 • 知道「詞彙」除了意思，還有文法性 • 理解「the」是一個詞彙，就像「house」也是 • 詞彙量的增加以每年上百個或多於一千個的速度
	在這時期間及之後進入小學，藉由廣泛的閱讀，繼續快速的發展語言能力。此時的語言習得也正多元化的擴大。在社會環境中使用語言的能力，也就逐漸習得不同的語言功能與使用。		

當然，以上的語言概念的發展順序對正常的孩童來說儘管很類似，但是年齡階段只是約略的區隔，並非表示每個孩童的習得速度相同。例如：不難想像有些兒童語言天賦較好、或家庭環境較佳等狀況，相對於天賦較弱、或環境較不利於語言發展者，通常前一種狀況的發展較為迅速。

　　因此，學者除了發現語言習得中知識發展特有的類似結果，也積極的想解釋語言發展如何發生的，接下來就是要了解英語教學中的另一個核心概念，也就是學習各種不同的語言習得理論。

二、語言習得的理論

　　探討語言如何習得的論點非常多，至今比較常見的幾大不同的焦點分類：(1)行為主義學派；(2)天生本能主義學派；(3)認知發展理論學派及連結理論學派則界於兩大相對論(1)與(2)之間。（參考Brown 2014; Omaggio Hadley 2001; Lightbown & Spada 2013）。

（一）早期常見理論

1.行為主義觀點（Behavorism）

　　英語教學中一講到行為主義都會提及著名的心理學家B. F. Skinner約在1930年代後期開始的實驗發現（Skinner 1938）。一個經典的動物實驗就是不斷給予老鼠一個期望達成的目標訓練，然後設計好一些操控的狀況或環境（operant conditioning），給予刺激（stimulus），通常給些正面的輔助或制約（positive reinforcement），如：食物，然後老鼠得以給予正確的反應（response），當然也可以給予反面的輔助或制約（negative reinforcement），以便修正老鼠的行為。

當孩童模仿周圍人製造的語言，他們試圖複製的同時獲得正面的強迫與回應，也就是受到讚美或成功達成溝通的目的。然後因為受到環境的鼓勵，孩童繼續模仿和重複練習這些聲音及模式直到他們形成正確語言使用的「習慣」。

由於孩童聽到語言的質與量以及環境中其他人提供正向的回饋會塑造孩童的語言行為，因此行為主義十分強調提供「環境」為孩童所需學習模仿的來源。

這種環境操控行為的理論到了1940和1950年代，在美國英語教學上很具影響力，影響了一些教學方法，如：聽說教學法（見第四單元），教師提供學習者語言學習模仿的來源，讓學習者不斷複誦（mimicry）、記憶（memorization）、並說出所聽到的語言，不斷讚美與鼓勵學習者學習重複使用（repetition）達到語言輸出的成效。

但是若深入分析孩童的語言，會發現到孩童模仿與學習的特點不僅是外在環境的鼓勵、刺激或人為的要求，學者發現孩童模仿似乎有些自主的選擇性，而且學者發現到孩童的模仿比例其實不高，只有20-30%的比例（如：Lightbown & Spada

2013所述），這獨特的特性便使人類語言的模仿能力與其他動物（最常提及的是鸚鵡）不同，條列如下：

- 孩童似乎很喜歡選擇重複剛開始理解的新奇（或未習得的）的語言。但習得完成之後，重複現象就開始減低。
- 大人教孩童說出的語言往往也不能被孩童成功的模仿出來，甚至有他們自己獨特的衍生法則。稍後（P.82）提及的如「以偏概全的錯誤歸納法」（overgeneralization），顯示他們具有創造性的使用語言，而不只是重覆他們所聽到的。

2.天生本能主義觀點（Innatism）

　　行為主義論的外在環境驅動或誘發語言習得的觀點並未能完全解釋人類學習的模式，促使了內在主義觀點的學者開始提出語言發展不經由行為主義的相對觀點。

　　知名倡導者為Noam Chomsky，其主張為所有的人類語言能力基本上是與生俱來的，藉由天賦的一個假設性的語言習得機制（LAD: Language Acquisition Device），與其他人體生物機能發展一樣得以逐步發展出通用的語法（UG: Universal Grammar）。

　　要注意自然習得一派的觀點是不能包括討論一些非自然成長的狀況，如：在野外長大的孩子、被虐待的小孩、或是家中有父母是語言殘障者撫養出的小孩等（Lightbown & Spada 2013），甚至是智力發展遲緩（retard）或腦受損、失憶（amnesia）等狀況。然而，這些特例印證自然習得的

機制在所謂「假設關鍵時期」的理論（CPH: Critical Period Hypothesis），意即在某一特定時間內通常是人類重要奠定與發展語言知識和技能到某些特定程度的階段，要是錯過這個黃金時期（一般說來是在青少年期以前）在正常的成長環境下培養（nurture），就很難或不可能獲得平均值之上的語言能力。

簡言之，孩童靠著自然習得理論發展出的內在機制去發展完善的語言知識，卻還是需要在正常的自然環境狀態下來增長，才能不斷發現自己語言系統的基本規則。如此一來，雖然與之前行為主義強調的營造「環境」不盡然相同，但是自然主義學派還是不能排除「環境」仍是一個誘因的事實。因此以下介紹的一些理論名稱大致上能平衡或融合上述兩大理論的不同著眼點。

3. 認知／環境互動發展語言的主義（Cognition/Social Interaction）

有些學者觀察到即使人有內在認知功能的自然發展，但是這功能是與外在的人、事、物等所謂的環境交互作用而得以發展。認為孩童並非只是大腦存在和隨年齡成長就能造成語言習得，而是環境中所提供的各種經驗造就了語言習得，因此很重視觀察孩童內在學習能力和環境發展之間的關係。

語言可顯現出認知能力：知名學者Jean Piaget從兒童的認知發展中兒童認知理解外在的環境後才有語言習得，因此可以透過語言來發現兒童從環境中所獲取的知識。例如：當孩童尚

未發展時間觀念的認知功能時，跟孩童說「某個時間來訂個約會」這件事，就不太可能獲得溝通上的功能。

此外，也有學者Lev Vygotsky從社會互動的觀點來觀察語言的發展，因為語言的輸出往往是在社會化功能的需求下，需要溝通時才會使用，往往孩童在語言功能佳的環境下成長，會有較佳的語言表現。反之，若孩童在一個不健全的環境下成長，如：聾啞的父母生出一個健全的長子，也發現有語言發展不佳的狀況（Lightbown & Spada 2013）。近年來因以語言為溝通導向的目標發展十分重要，也因此應用Vygotsky的「近側區發展理論」（ZPD: Zone of Proximal Development）及「鷹架理論」（scaffolding）中提出在正常環境下孩童或成人的周遭就像有一個無形的知識空間，其間有輔助其知識成長的架構，已成為一個熱門語言教育研究領域的理論基礎（另見下列的社會文化觀點）。其實這個知識空間來自很多不同的方式，如：從孩童期大人唸故事、或者是大人模仿孩童的音調及方式與孩童對話（child-directed speech）、甚至是唸大量的讀本都是架構這知識空間的一部分。以兒童為導向的交談有幾個明顯的特徵，例如：說話的速度較緩慢、提高音調、變化語調、使用較短而簡單的片語、強調關鍵字、經常的重複、解釋等。

以上三種早期發展的經典理論不管是從外在的環境刺激（行為主義）或生理結構（內在本能主義）的觀點都有其重要性，因為都能夠解釋一些造成語言習得的部分現象，而認知及環境互動發展語言的學說也可平衡內外這兩種較不同的爭議。

廣泛說來，大多數的人口在生理構造上還是比較趨近自然的正常成長，受到基礎教育的成人之母語能力大致都達到成熟發展階段，因此人有天生習得母語的能力十分有道理。不過，近年來在第二語言學習、認知心理學、社會文化理論及研究電腦無生命機制的不斷反覆學習及有反應的現象，又有了更多超乎原本內在本能及行為主義的經典討論或發現，擇要歸類如下。

（二）第二語言習得的理論依據

1.行為主義與本能主義的持續討論

依據先前列出一些第一語言習得的經典理論基礎，學者也將其延伸到第二語言學習的討論。早期由行為主義發展出一個對比分析（CAH: Contrastive Analysis Hypothesis）的理論，意即第二語言學習者受到第一語言學習的影響會產生習慣轉移（transfer），有時會造成語言干擾（interference）現象，也就是當兩種語言特色相差較大時，較會造成學習者的困擾；反之，如果兩種語言特色較為相近，則較容易學習，也比較不容易犯錯。

其後，內在本能主義的興起挑戰了行為主義所認為環境為主要的學習機制，因為語言學習者靠著內化的語言機制，會自然生成普遍性的語言規則。因此，錯誤的產生就如同母語一樣在發展中也會造成（developmental error），但是到最後母語的發展自然就會臻於較完整的階段。

有些學者延伸第一語言習得概念到第二語言的學習，認為語言發展中的錯誤乃是學習者的中介語（interlanguage）的呈現，是一個學習者在發展的一個階段，從這階段不斷發展直到語言能力發展完成，儘管有錯誤與不完美，得以呈現出學習者的內在語言發展狀況。

　　有時候這狀況還具有舉世普遍（universal）的現象，也就是不分國籍，只要是以英語為第二語言的學習者在語言學習成長中都會發生的錯誤，例如：「以偏概全的錯誤歸納法」（overgeneralization），第二語言學習者也就像一個英語為母語的小孩一樣一開始講很多動詞都用規則的方式來變化，如：went用go+ed來使用，而有時也很自然有「口誤」（slips）狀況，但發現後可自行更正錯誤。綜合說來，就是並非所有第二語言學習者所犯的錯誤都是來自母語或第一語言的干擾，如此一來對比分析的方式並未能完整臆測出學習者學習難易之處。因此，有些內在本能主義支持者，如：Lydia White（2003）思考Chomsky的內在文法機制（UG，另見第一單元）也可以解釋第二語言習得，因為這內化的文法機制也如第一語言學習者一樣有發展的階段，因此只要掌握好發展語言的關鍵時期，第二語言學習者也可以發展到如第一語言學習者的能力。然而，這關鍵時刻及第二語言學習者所處的環境取得變化差異較多，含：不同的第一語言的影響、年齡、教育或學習上回饋，因此引發較多的變數討論（如：Cook 1991）。

此外，還有支持應用內在本能可以習得第二語言的學者，如：Stephen Krashen（1982）提出的五大訴求：

(1) 習得（Acquisition）──學習（Learning）的比較
當接觸第二語言時，學習者就應像小孩學習第一語言一樣，在沒有意識留意語言形式的情況下「自然習得」（acquire）。若是在有意識留意形式和學習規則的情況下，這樣就是刻意的去「學」（learn），而不是自然習得。自然習得應該是屬於大腦潛意識（subconscious level）的學習方式，而不是有意識（conscious）、特意的去啟動（monitor）規則。

(2) 監控假說（Monitor Hypothesis）
經刻意學習取得的語言知識系統往往會出現來控制第二語言學習者的語言使用。例如：學習者常會在說話或寫作時啟動規則來做語言輸出或修正。這樣就比較不自然，也就是上述所說的有意識的學習層次部分，而非屬於自然無意識的習得部分。

(3) 自然發展順序假說（Natural Order Hypothesis）
基於第一語言習得發現很類似的文法發展階段（見前述第一語言習得約三歲的階段），第二語言習得雖不至於有很大的類似程度，但也有某些可預期的階段發展，多半名詞的複數型比較早習得，而動詞變化則發展很久（如：Lightbown & Spada 2013）。此外，文法規則中最簡單的形式不一定最早學會，例

如：現在式第三人稱單數動詞加s的規則看來是很簡單的形式，但還是有高階第二語言學習者無法在正常的談話中正確使用。

(4) 輸入假說（Input Hypothesis）

教學應控管學習者的學習目標，以可以理解的知識（comprehension input）及加深一點難度為原則，這就是i+1的理論（i是一個人現有的能力值，+1是一個期待發展到的目標）。

(5) 情感過濾器假說（Affective Filter Hypothesis）

這是比喻性的說法，指在學習者的內心中一種心理機制狀態。英文「affect」指感覺、動機、需求、態度和情緒狀態。因為假設人的內在有個感覺過濾器，當一個學習者如果緊張、焦慮或者無聊，這過濾器便會被啟動，愈高度啟動，表示防衛機制愈高度，則愈會過濾與排斥外界進來的訊息，也就愈不能吸收與習得。

2. 個人認知、心理與外在社會的影響討論

由於語言學習者的背景有所差異，甚至是第二語言學習者更有語言文化背景不同差異的因素，因此很多新的英語教學理論多需依據心理學／認知發展等領域的知識，以便營造出適合學習者的環境。為幫助讀者能快速吸取各名稱之重點，以下說明不加過多的文獻資料，以免過於複雜難懂，若需要進一步補充資料，建議首先參考Lightbown & Spada（2013）或其後更新的專書。

(1) 連結主義（Connectionism）

　　與之前提到自然內化的習得主義有非常不同的著眼點，因爲即使像電腦並非像人類一般有自然天生細胞成長的生物功能，卻也發現有學習語言的能力，有趣的是，電腦不但能「聽到」或「看到」的語言，甚至自己也有衍生創造的能力。所以連結派主義論的學者與內在主義學者提倡重點有所不同，認爲語言習得理論不能過於強調先天的心智，而是可以靠外在的環境來強化語言能力的。

　　學習得以產生是因爲隨時接觸與運用語言、跟生活環境的體驗息息相關、甚至能夠一再的重複所見所聞。也就是經由接觸聽到的上千種語言特徵的實例，在特定的情境和語言環境聽了一遍又一遍的不同語言功能，然後這些所吸收的語言元素之間得以逐漸的發展成連結網絡。例如：孩童逐漸將單字片語和生活情景之間連結起來，語言習得就在這不斷的接收與使用之間的關聯下發展完成。所以近來以使用語言爲主（usage-based learning）造成第二語言習得的論點也越來越重要。

(2) 訊息處理（Information Processing）

　　認知心理學家認爲學習者必須首先注意到（也就是pay attention）需要理解和製造的訊息部分。起初多半會比較注意到訊息中的關鍵字，而不是用字的語法規則，之後透過經驗、練習、接受、理解、與消化新的訊息會變得更快速、容易，然後達到自動化的結果。通常初階的語言學習者會將較多的注意

力放在處理單詞的意思上，而能力好的語言使用者會專注在文字和談話的整體意義。

簡單來說，這個理論的核心觀念在於語言學習就像是技巧（skill learning）練習，精熟後達成自動化（automaticity）的結果。其他重點關鍵概念還包括：語言學習開始由知道要學「各種知識」（declarative knowledge），也就是我們所指的「知道什麼」（knowing what），經過不斷地練習後，獲得「歷程性的知識」（procedual knowledge），也就是指「知道如何做」（knowing how）。

(3) 注意力假說（Noticing Hypothesis）

如前所提及訊息處理模式的方法首先要求接受訊息者要「注意」、「留意」，在第二語言習得領域裡知名的代表學者 Richard Schmidt（1983; 1990）高度主張要學習者有自覺意識所學的語言部分，否則就沒有習得的成果。

(4) 競爭模式（Competition Model）

競爭模式和連結主義觀點類似，但與內在主義不同，即語言習得的產生不需要專為語言的或任何先天的大腦模組。通過接觸數以千計與特定含意相關聯的語言例子，學習者得以體會到如何利用線索和語言信號的特定功能。例如：在一個句子裡詞語之間的關係可以透過詞的順序、語法標記和分辨名詞的本身有生命或無生命的意思。又如：大部分英文句子的順序為主詞+動詞+受詞（S+V+O），以英語為母語的兒童早在二到

三歲時就會用有生命性的線索以及他們對世界上的了解來解釋一個句子是否合理（Lightbown & Spada 2013），如果他們聽到一個句子是「糖果吃哥哥」（Candies eat my brother.），會覺得這字的順序很有趣，因為違反自然法則，但在解句意時，多半的孩童會把動作者理解為「哥哥」執行「吃」糖果（My brother eats candies.）的事實。

(5) 社會化的需求、文化環境造成習得觀點（Social-Cultural Model）

① 近側發展區（ZPD）

如前所述Vygotsky的假說強調對話的形式是來自社會化的需求，內在的語言會透過一連串的社會化行為而外顯出來，而外在聽來的訊息又導致了內在語言的重新架構，所以簡單說來，社會化的影響在語言發展上扮演極重要的角色。

學習產生是當一個人和對話者在相近的發展區域中（ZPD）互動，也就假定是一個看不見的、比喻性的交談範圍裡，有能力較高的語言使用者與較低者（如：大人、同儕等）共同建構知識，在這互動中能力高者變成低者的輔助（或稱支架／鷹架），而得以發展出較高的水平。

② 交互作用假說（Interaction Hypothesis）

學者強調學習第二語言時，應視學習者現有的語言能力給予修正過的語言互動（modified interaction）環境，舉凡：語言簡化、詳細描述、放慢的說話速度、手勢、或者提供額外的上

下文線索，這種說話的方式在第二語言習得中被稱爲外國人說話方式（foreigner talk）或教師說話（teacher talk），這理論基礎跟第一語言習得時孩童周邊常會聽見大人以兒童說話方式（child-directed speech）（見前述）的道理是很類似的。

　　持有這理論的學者，如：Michael Long（1996）發現在修正過的語言溝通環境中互動，才能讓所聽、所看的輸入知識得以被注意和理解，而理解以後才能促進學習。因此營造修正過的語言互動環境和Krashen早期發展出輸入（input）的範圍假說中的i+1理論及Vygotsky的近側能力發展區的理論可做些類比。

　　但因每個社會乃至於國家教育孩童的方式並不盡相同，因此在語言習得理論中文化層面就往往得連同一起討論，因爲所在的近側發展區也就不盡相同。若英美西方國家和東方中、日、韓等比較起來，就可發現到學習方式是有文化上的明顯差異。東方國家將老師視爲典範、有長者的權威，知識重於一切，學習者較依賴教師。而西方看老師則偏重其技術，老師雖然懂得多，但也有其侷限。西方學習者認爲學習中自己也可以和老師交換知識，學習者較習慣於獨立自主思考批判的方式（Cortazzi & Jin 1999a; Jin & Cortazzi 2008; Shen 2005）。此外，如第一單元中語意學部分提及由於不同的文化，某些知識建構也有差異，例如：中式與英式思維對某些字的概念除了孝順之外，對君子（gentleman）一詞的概念也會產生不同的連結網絡（如：Cortazzi & Shen 2001；Shen 2005）。

3. 發現第二語言知識學習特點模式

越來越多的理論與研究發現是從第二語言習得中產生，雖然名稱各有不同，但其結論也呼應了上述所提及類似的重點訴求。

(1) 輸入過程（Input Processing）

學者觀察到學習第二語言的學生常因能力有限造成無法同時注意句型結構和意義的部分。通常發現第二語言學習者先理解意思，然後再注意文法。

(2) 處理模式理論（Processability Theory）

學者研究出學習者對語言比較容易被注意的部分包括句子開頭或句子結尾，而句子的中間部分比較容易被忽略。此外，對第二語言學習者的初學階段而言，還是會先建立一些第二語言特有的語言特色來學習，而不是總是仰賴第一語言的規則來學習。

(3) 輸出理解理論（Comprehensible Output Hypothesis）

此假說受到Krashen可理解式的輸入、認知理論和社會文化理論的影響，學者如：Merrill Swain（1985）從語言說話與寫作的輸出角度去研究學習者如何藉由互動產出語言知識。發現到學習者的語言輸出比單純理解訊息輸入時更加注重意思層面，因為要使意思能夠被人理解，語言使用的格式及規則也十分重要。也就是說，為能達到可與人互動與溝通，語言規則與意思的層面在輸出時會需要同時受到學習者的注意，同時兼

顧，也因此輸出能力往往是第二語言學習者覺得相當困難的部分。

　　綜合上述幾個後期在第二語言習得發展較熱門的假說，可得出一個簡單解釋人類語言學習的現象，就是人類的語言學習不可否認有其特殊能力得以由內而外及由外而內雙向內外兼備，彼此互動與影響，當然這也需要來自於周遭環境給予不斷的接觸機會，加上一個人的注意力、整合力、與人互動、及使用（usage-based）的能力，才得以造就完整的語言習得。

三、造成第二語言習得的變數

　　基本上第二語言學習者已經在使用至少一種語言，而去學習第二種語言，因此學習者個人所來自的語言環境及所具備的特質與學習方式或習慣，都對第二語言學習有所影響。通常除了之前提及年齡在語言學習上有關鍵時刻的重要性之外，另有認知功能成熟度、內化的語言認知（metalinguistic awareness）、常識或知識（world knowledge）、溝通社交能力、及文化背景環境各方面不同狀況的加乘結果，導致解釋第二語言習得的現象會比第一語言習得來得更為錯綜複雜。幾個常見學習者個別差異的要素介紹如下。

（一）雙語學習（Bilinguals）

　　如前所述，第一及第二語言習得都有發展中的錯誤，但是第一語言習得多半到了某些特定的年齡就有比較普遍性的語言

能力指標，當然也不能說年齡是絕對性的標準，快慢可容許一些差異。但是如果過慢，遠超過了一般常見的標準，就需要擔心孩童產生語言遲緩發展的現象，而需要釐清造成發展障礙的因素並有語言治療師介入矯正。

但是也有些正常的孩童在發展第一語言時，也同時學其他語言，這種情況常發現來自移民家庭的兒童被解讀為缺乏正常的語言發展，因此Lightbown & Spada（2013）提及區別各種不同雙語兒童的重要性，常見的數種雙語兒童有：

(1) 同步雙語者（Simultaneous Bilinguals）：從最早孩提時期就學習一種以上的語言。

(2) 後繼雙語者（Sequential Bilinguals）：晚期學習另一種語言。

(3) 減退雙語者（Subtractive Bilinguals）：在學習另一種語言的同時喪失原本會的語言。

(4) 附加雙語者（Additive Bilinguals）：在學習第二語言時，仍保留母語。

除了發現雙語兒童會因學習其他語言而有語言發展與學習單一語言的兒童（monolinguals）發展階段不同的現象，第二語言學習者的習得狀況尚需考量更多的變數/因子（variables/factors）。

（二）智商（Intelligence）

研究指出智商分數用來預測第二外語的能力上雖也可行，然而智商測驗似乎和內在的語言知識較有關聯，而與溝通能力較無相關。因此，智力和閱讀、文法、字彙的發展有關，和口說技巧無關。

網路上一些有趣的智力測驗可以當成有趣的活動試看看，有的測試最後還會給個圖示（如下圖3.2）：

圖表3.2：某大學生智力測驗成果

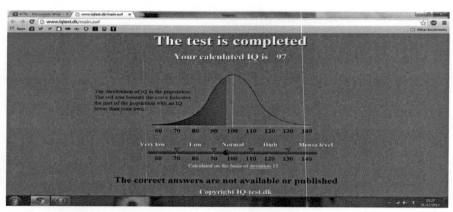

測驗來源：www.iqtest.dk

但是這些測驗題型很大的特色就是測試一些視覺或形狀的歸納組合，而且同樣的測試者（圖表3.2這位學生）做不同的測試題也許取得不同的分數（如下圖3.3）。因此，這結果似乎也可說明儘管有可能智商或許跟學習語言知識的某些能力反應快慢有些關係，但似乎又無絕對的關聯。

圖表3.3：某大學生智力測驗結果

測驗來源：https://memorado.com/iqtest?r=114&utm_campaign=EN%2FCOM_
facebook-share_iqtest&utm_content=iqtest&utm_medium=facebook-
share&utm_source=VIRAL

近幾年，教育學者受到Howard Gardner（1993）的建議影響，就是每個人都擁有多樣的智力（multiple intelligences），傳統的智力測驗能測出的語言能力是有所侷限的。

（三）能力（Aptitude）

當一個人有語言的潛力是指其語言學習力快速。過去在測語言能力值常用的測驗，如：當代語言能力測驗（MLAT: Modern Language Aptitude Test），測驗的範圍大概有辨認及記得新聽到的聲音；(2)了解句子中特定字的使用功能；(3)從句中發現文法規則；及(4)記住新的字。

但也如同上述的智力測驗結果一樣，很難用來確認學習者的語言習得能力與狀況和這種能力測驗有絕對的相關性。舉例來說，有些人可能有很強的記憶力，但在語言分析的表現上則

為一般的水準。或是有語言知識能力很好，但是天生有口吃，溝通表現就有障礙。一部電影王者之聲（The King's Speech）描述一位英國國王喬治六世有口吃與語言溝通的障礙需要克服，看完本片可供讀者間接更清楚思考如何彌補筆試中的能力檢定的盲點，及正確評估出一個人真正的語言能力值。

（四）動機（Motivation）

儘管通常很難判別到底是正面的態度產生好的學習效果，還是好的學習效果引發正面的態度，或是還有別的因素影響這兩者的因果關係，但是卻有足夠的證據顯示正面的動機和想持續學習的意願是有相關性的。

早期Robert Gardner & Wallace Lambert（1972）等學者指出動機可分成兩大類：一方面是根據學習者的溝通需求；另一方面是根據學習者看待第二語言群體及社區的態度。近來，Zoltán Dörnyei（2001）發展出一個和動機有關的「過程導向」的理論，包含三個動機變化的階段。第一個階段「選擇動機」指的是開始和設立目標；第二個階段「執行動機」指的是實行必要的任務來維持動機；第三個階段「動機回顧」指的是學生對過程的評量和對自己表現的反思。

（五）學習風格（Learning Style）

這個詞一直被用來描述一個學習者的天性、習慣性吸收、處理、或保持新資訊的方法和技巧（Reid 1995）。幾個常見的風格包含：

(1) 視覺型（Visual Learner）：很能記得曾閱讀或看過的大部分內容。因此，書面或畫面的圖像、文書等資料皆能對視覺學習者帶來極大的學習效果。

(2) 聽覺型（Auditory Learner）：顧名思義，藉由聽覺的來源就是這種特質的學習者最好的學習來源。

(3) 觸覺型（Tactile-Kinesthetic Learner）：必須藉由實作，親身體驗產生最佳的學習成果。

(4) 概觀型（Global Style）或是場景依賴（Field Dependent）：較容易注意到整體的概念、背景或環境。

(5) 分析型（Analytic Style）或是場景獨立（Field Independent）：容易注意到細節的部分。

認知心理學中有很多證明，來闡述有時大腦對形象的認知及如何取決全貌或突顯某些焦點的功能會因人而異，其中一個經典討論就是如下圖3.4的魯賓之盃（Rubin's Vase），究竟

圖表3.4：魯賓之盃

圖片來源：https://en.wikipedia.org/wiki/Rubin_vase#/media/File:Rubin2.jpg

是先看到兩個相對的人頭、一個花瓶、還是兩者都有、或都沒有，是探討人有不同思維很有趣的發現。

另外，為能更理解場景依賴或獨立的概念，我也常在英語教學課程時用一張四方形中間有個交叉狀線條（x）的圖片，然後詢問了課堂中不同的學習者，得到不同的回應。

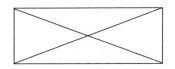

有人回答看到了類似像西式信封套的形狀、或是看到了數個三角形、也有人回答看到了三角錐的形狀。

當然還有各種不同的學習風格名稱，而且網路上也提供了立即分析個人學習風格的測驗，例如：http://www.whatismylearningstyle.com/learning-styles.html或是how-to-study.com的網址。讀者不但可以做自我了解所用，探索自己是否有比較明顯的學習方式，也可以把本測試活動當成教學上有趣的學習活動，讓學生也深入了解不同的學習風格會帶來哪些不同的學習傾向與效果。

不過，有時一個人的風格傾向也許比較多元，如同一位學生在同一天所做出的結果，有一種測試結果強調為聽覺性的學習者，另一種則為視覺性的學習者。或許也因當時所問的題目

不同造成該答題者產生不同的結果，但是也有可能是其本身果眞爲混合型的學習者，甚至學習風格是可以改變和訓練的。

（六）學習策略（Learning Strategies）

在英語教學裡上述的語言學習方式（learning style）常和學習策略（learning strategies）有所相關的討論，因爲策略往往也受到了學習者的成長背景或習慣所影響，所以也都需要教學的輔助才能擴增學習者的學習慣性，以便能當個更成功的語言學習者（O'Malley & Chamot 1990）。

在這領域的知名學者，如：Oxford（1990）分類六個策略：

1. 認知策略（Cognitive Strategies）：思考、理解等用認知功能來直接解決語言學習的任務。

2. 後設認知策略（Metacognitive Strategies）：得以反思學習過程的經驗，並進一步找尋方法解決。

3. 各種記憶策略（Memory-Related Strategies）：關聯法（association）、關鍵字法（keyword method）。

4. 情感策略（Affective Strategies）：處理個人的感覺等內在心理層次方式。

5. 嘗試補救法（Compensatory Strategies）：常聽到爲溝通策略（communication strategies）的一環。如：試圖猜測、換個方法說明意思、避免使用不會的字／詞／句等方式，這策略也包含在溝通的概念下所需要的一些語言與肢體語言方法。

6. 社會－文化手腕（Social-Cutural Strategies）：處在社會——文化中所需與人互動或產生關聯的方法，如：禮貌及委婉地使用語言告知無法了解的部分，並得以使他人再次重複或協助了解。

各策略的名稱非常多，有時各學者會稍有不同的類別名稱，有時上述第5及6個策略也合併為溝通策略的概念（另見第二單元）。

（七）性格（Personality）

當早期研究好學生的學習性格特色時發現，大部分語言學習力佳的學生都比較不退縮、不害羞、也比較勇於嘗試（Rubin 1975），這樣的結果似乎可解讀為外向性格的人學習語言較容易成功。但是，這樣的推論也受到爭議，因為具有相似外向個性的不同的學生也會有學習上的能力差異。

儘管不能斷言外向的人語言能力較好，但是容易緊張和退縮的人的確在學習上比較辛苦。因為壓抑、壓力往往是學習上的負面力量，會造成比較不勇於冒險、負面情緒反應，所以正如之前Stephen Krashen所說的要注意學習者的情感機制，不可強化其緊張程度，也如其他研究者Peter MacIntyre（1995）聲稱容易緊張的學生常把注意力放在手邊的任務而僅對手邊任務有反應，因此他們就不會像放鬆的學生一樣學習的那麼快。

但是，有時人會緊張也是很自然的現象，也並非都會帶來負面的影響，例如：人在危險中產生的緊張，其實可以產生保護。因此，在第二外語學習中學者也提及並非所有的緊張都是不好的，某些緊張，如：在考試前或口說練習時產生的緊張往往也可以造成專注及加強學習動力使其成功，所以學者在測試緊張這個關鍵因子時，開始區隔焦慮（anxiey）與張力（tension）之間的不同（Lightbown & Spada 2013）。

簡言之，雖然許多研究學者相信個性對於語言學習的成功影響力很大，但是跟之前所提及的任何一個特質相似，有時成功的定義得分別來評估，或許個性只在某些語言技能，如：對話技巧表現上占最大因素，並非同時包含所有的技能，如：單字或讀、寫能力。

（八）學習信念（Learner Belief）

通常第二語言學習者（可能除了年齡較小或可塑性還稍大的學習者）之外，多半有十分明確的語言學習信念和看法。這些信念通常是基於以前的學習經驗和假設，認為某些特定類型的教學方法對他們來說是最好的學習方式。有研究發現，通常老師的教學方法如果較能跟學習者的信念吻合，學習表現會來得較好。

越來越多關於教學方法及文化學習風格之研究開始確認語言教學其實是一種跨文化的交際歷程，有時老師和學生的意見

會因語言及文化差異有所不同（Cortazzi & Jin 1999b），學習者的學習偏好無論是來自於他們個人的內在學習方式差異，或者來自於他們對語言應該如何學習的信念，都會影響他們使用不同策略去學習另一個新的語言及事物，語言教師宜多使用這資訊去幫助學習者擴大學習策略的使用，與學生多做溝通，以便培養他們的語言學習方式具有更大的靈活性。

（九）年齡（Age）

學習語言的年齡與學習成就之間的關係是研究語言習得的熱門關鍵概念，卻有其複雜性或爭議性。這其中的爭議，首先包含了如前所說的學習語言的關鍵年齡（critical period）到底是在幾歲？有人認為大約一過青春期，母語學習的內在自然發展機制大概就到了一個限度，但是也有學者認為應該更早於青春期這個階段。學者發現在青少年以前開始學習第二語言者，就較容易可以完全掌握像母語人士使用語言的感覺（不僅包括音調，也包括語言知識）。不過，這也不表示在青少年和成人以後才學習第二語言者就無法成功，所以年紀與語言成功的相關性還真是難解。

另有一個爭議是來自於有些年齡較大的學習者在初學第二語言時比年紀輕的學習者在時間上來得更有效率。反之，在小學階段開始學習第二語言的學習者也不一定比在青少年才開始學習的學習者學得更好，因為較成熟的青少年往往透過較完整的語言知識、記憶策略，和問題解決技巧，更有效的學習第二外語。

簡言之，目前的共識大致上是年紀較長的學習者（也就是過了青少年時期者）無可避免地會有「明顯的外國口音」，反之，年紀越輕者則有可能發展到母語人士之境界。所以，如果學習目標並非要求達到母語人士的發音標準，年長學習者也可藉由認知的成熟度、興趣、需求及經驗豐富等各項個別特質的優勢，很快速的學得第二語言。

如此一來，至於學校何時開設英語課程也頗富討論性，但很簡單的決定前提就是要清楚的知道課程所要達成的學習目標為何。年齡影響語言學習固然有研究的佐證，但是也要思考何以需要達成母語人士的口音及使用語言的標準。

推測目前由於世界化的多種英語（Global/World Englishes）及英語為中介語（ELF）（如第一單元所述）的時代來臨，要規定像特定國家的母語人士標準似乎越來越不可行，因此這語言學習重點的鐘擺效應從早些年要求文法正確、口音標準，勢必再度盪到另一端的思維是只針對語言溝通可以達成的標準為導向的教學目標。大多數的學者現在會傾向認為不論學習者的年齡如何，只要掌握時常使用第二語言來溝通的原則即可（Lightbown & Spada 2013）

四、第三單元總複習與應用項目精熟度確認單

是否能說／寫出…?	是	還好	否
1. 第一語言習得（以英語為例）的發展階段大綱			
2. 第一語言習得中最先及最後發展的問句形式			
3. 第一語言習得中的詞彙能力是如何快速發展的			
4. 行為主義和天生本能主義論點的差異性			
5. 兒童模仿語言方式與鸚鵡模仿的差異性			
6. Piaget的理論重點			
7. Vygotsky的理論重點			
8. Krashen五大假說定義			
9. 電腦有或無學習語言的能力			
10. 交互作用如何增進習得能力			
11. 哪個理論可以解釋孩童判定句意合理性的準則往往來自於句子發生的常見度			
12. 影響第二語言習得的複雜性有哪些			
13. 「注意力」這項要素在哪些認知心理學理論特別強調（整合題）			
14. 在第一語言習得過程中可能發生的錯誤形式（整合題）			
15. 分析第一語言習得的模式與第二語言習得相同或相異之處（整合題）			
16. 個人內在的認知、心理與外在的環境如何互動造成語言習得（整合題）			
17. 根據理論，申論臺灣是否應該將英語學習下修到幼兒園階段（整合題）			
18. 釐清CPH和CAH的差異（整合題）			

Part 4
第四單元

英語課程設置原則
與
傳授

英語教學法（methodology）涵蓋課程設計（syllabus design）的概念，通常包含目標、內容、與進度的設計。當然，也可加入方法、執行時間、使用的教材與建議書單。不過，有時課程設計概念可區隔成兩大不同的層次：(1)有的課程設計樣式較為制式，為規定的綱要（curriculum），或如 Penny Ur（2012）所稱之通過／認可的課程設計（an approved syllabus）並非可由教師自由制定內容，而是要遵守一定的目標、範圍、及學校的進度行程及教科書的選用。(2)有的課程設計樣式則較個人化，如同教師的教學計劃（lesson plan）紀錄，其中或許比較自由的部分是指教師可以運用各種不同教法來達到課程設計中的要求目標。

由於課程設計的理念與技術攸關教師實際教學的推動得以符合達成有效教學的指導原則，因此依據英語教學的學理實屬重要。特別要先了解制定的原則，應用到個人不同的課程之中，以便能夠製作出更適合不同學習者需要達成的學習目標。

一、了解整體課程設計的兩大層次

（一）方針（Approach）

這是指語言學習的理論本質、依據，簡單來說就是最根本（源頭）的指導原則，常常具有明顯的教學信念，例如：本書第三單元所提及對語言學習焦點不同所產生的各個學派。

（二）方法（Method）

　　爲了實踐達成上述層次（方針）所採用的主要教學方法。方法的執行往往有其步驟（procedure）及技巧（technique），也就是使用更具體與細微的實際教學技巧、活動、策略等，以實現上述的教學原則。

　　不過，接下來常見的英語教學的課程設計名稱中往往很難清楚或嚴格劃分何以有些稱爲approach而有些稱爲method，因此上述兩層次的區隔可幫助以下所介紹的，將重點放在較常聽到的數個教學大綱及其課程設計的方針與執行方法之特色，大致依其先後發展分爲早期、轉型期、及後期發展的英語教學來作背景簡述教學方針。

二、早期發展的教學方針
（一）文法──翻譯法（Grammar-Translation Approach）

　　這是語言教學討論中最早期發展出來的方法。因爲很久以前在學習拉丁文和希臘文盛行的時代爲能儘快幫助學生閱讀和欣賞聖經或經典文藝作品，而到了19世紀逐漸變成教學領域中的方法。此法特別重視文法教學、單字記憶與使用、寫作和閱讀是這個方法的主要教學內容與活動。

　　早期文法教學的最大特色是使用母語描述文法結構，而且要求學生使用準確。然而，這個方法的主要缺點是缺少第二語言的輸入和對聆聽及說話能力加以訓練，所以導致學生使用語言進行溝通的機會較低。

由於所謂傳統文法翻譯法造成學習成效的侷限，逐漸發展出特別注重口說的教學方式，之後專家學者大概分為兩大區域：一個是在北美地區，另一個則為英國及鄰近的歐洲世界發展，開始注意到學習者的語言學習不應只聚焦在研讀經典作品與作翻譯，尚須注意其聽力與口說的部分。以下為一些常聽到的教學法名稱。

（二）聽說教學法（Audiolingual Method）

　　源自於重視聽聲音而後製造聲音的學習主義（audiolingualism），這方法在美國因為心理學者Skinner在1957年發表的行為主義論（另見第三單元）的影響，將習慣養成變成一項教學的重點，在1960年代後頗為盛行。雖然延續文法 —— 翻譯法對語言結構也有所要求，但是主要強調以口語方式建立使用結構的習慣。其特色如下：

- 預先控制文法結構及詞彙量。
- 課堂從對話開始。
- 鼓勵模仿和背誦。
- 語言技巧學習的排序：先聽、說、讀，最後是寫。
- 強調發音。
- 期望減少學生犯錯的習慣。

（三）直接教學法（Direct Method）

　　約到了19世紀後半段時期以後，由於開始重視國際之間口語的溝通，也因注意到文法 —— 翻譯的教學方式似乎不能培養

聽說能力的效果，而且文學作品應是為了興趣而閱讀（reading for pleasure purposes）而不是用來學習文法。因此，這種類似以母語學習第二語言的方式也就開始盛行。其特色如下：

- 全英語學習。
- 課堂由對話開始。
- 練習時不准使用學習者的母語。
- 使用動作和圖案以便幫助學習者了解意思。
- 最後用歸納法學習文法。

　　歐洲地區當時風行的貝立茲（Berlitz）教學法、及其他到了20世紀後特別由北美地區風行強調聽說技能的尚包括1960年代的全肢體反應教學法（Total Physical Response），由學生執行教師口令的方式、或是在1970年代訴求教師盡量保持緘默而讓學生多使用語言的沉默指示法（The Silent Way）等，有類似直接教學法的精神。

　　然而，自文法翻譯法及重視口語兩種相對性的教學方法陸續風行後，逐漸發現二者皆不能全面習得語言的弱點，而且在上述兩種強調口語訓練精神下發展出來的英語教學方法十分重視以母語人士作為模仿的對象，然而這些在第二語言教學發展還是有不盡人意之處，因此在1960年代的同時期也還有更多因不同的語言教學信念發展出不同的教學法。

（四）認知教學法（Cognitive Approach）

認知方法並不反對文法 —— 翻譯法所強調的詞彙和文法的學習，但是語言學習也不如行為主義者所強調僅止於一種習慣的形成，而是要注意有意義的習得規則。其他特色如下：

- 強調人類認知功能在語言學習的重要性，舉凡所思、所想、所接收的訊息、處理與分析訊息、解決困難等都是屬於認知的能力。
- 發音不需過於強調精準性。
- 讓學習者的背景知識與所學的知識產生連結。
- 錯誤是需被容忍而且是呈現學習狀況的重要歷程。

（五）情境教學法（Situational Approach/Situational Language Teaching）

特別源自於英國在1930至60年代左右對結構概念的重視及類似上述重視語言行為養成，但也對實用功能有所期待，因此結合多元層次的教學方法因應而生。其主要特色為：

- 預先控制文法結構及詞彙量。
- 同樣注意培養習慣。
- 期待將課堂所學應用到課後日常生活的情境。

舉例來說，課程最典型的安排是在一個事先預設的情境下（如：課堂中使用教室英語），在一個同樣的、使用度高的句型控制下（如：This is a book.），代換少量的常用詞彙（如：名詞pen、pencil等），然後再反覆不斷練習，達成精熟後，期

待學習者自然得以有語言輸出的能力。這樣的課程安排，影響深遠，一直到1980年代還很常見到此類的教科書。本書作者在臺灣上國中時使用由國立編譯館主編的英語課本，就是這樣的安排，而目前在網路上看到販售2003年出版的內容也還是保有這個情境與結構結合的教學法精神。

（六）功能性課綱教學法（Notional Syllabus）

第二單元提及學者在語法精確度及溝通使用度上的討論，為了補足文法——翻譯方式，及情境教學法也許在社交能力上並未明顯強調立即可在各情境下使用的功能，開啓了英國語言教育學者（如：Wilkins 1976）積極討論溝通能力需養成的語法與內容目標。

- 其他類似的發展概念為「功能」或「功能加概念」的課綱（Functional或Functional-Notional Syllabus）。
- 列出語言的功能，例如：道歉、邀請、在銀行、在旅行社、在超級市場等不同的情境，並學習需要使用的重要概念。

當然1960年代以後還有更多的技巧不專以學習者語言的輸出（output）為目的，而是將學習語言本身視為一個重要的歷程（process），除了注重學習者的學習感覺，並在教室營造環境來幫助學習者有能力使用所學習的標的語或目標語（target language），下列的教學法顯示了這些著重的層面。

（七）社群語言學習（Community Language Learning）

社群語言學習有時也被稱為輔導學習（counselling-learning），主要強調學習應將認知和情感視為重要的發展。教師不僅要考慮學生的知識能力，但是也要對學生的感受有所理解。其特色如下：

- 教師扮演顧問的角色，以被動角色等待學生詢問。
- 可以在教室使用母語。
- 老師可幫助翻譯。
- 自由以自己想表達的時間點來選擇說話。
- 不讓學生產生壓力。

（八）建議情緒教學法或稱去除情緒障礙建議法（Suggestopedia or Desuggestopedia）

這個教學法的原文在一般英文學習字典中多半找不到，但從專業的教學及應用語言學字典中（如本書所列Richards & Schmidt 2013）會有較詳細的定義介紹。主要是因這個方法的創始人並非英美語籍人士，而是保加利亞人，而其教學法來源比較屬於精神或意識開發層面的概念。要記住此名詞可以從三部分來理解「de-」為「去除」加上「suggest」為「建議」，然後最後加上「pedia」為「學習」的概念。其特色有：

- 直接給予正面的刺激，如：鼓勵。
- 間接營造可使學習者精神放鬆的英語學習環境，如：情境、標語。
- 特別是使用背景音樂來融入學習。

（九）人本主義取向（Humanistic Approach）

　　人本爲主的特色教學認爲上述的語言教學發展僅注重偏向語言的成果導向的技術，如：口說訓練，而未特別強調以人本爲導向。其主要訴求有：

- 尊重人在學習上的感受。
- 有意義的溝通。
- 營造教室氣氛。
- 同儕支持和交互作用。
- 學習是自我發現及了解他人的體驗。
- 老師是學生的顧問。
- 教師可使用母語翻譯讓學生安心學習。

　　這種人本主義的教學發展在社群語言學習法及建議情緒式教學法也有類似的概念，活動的概念也持續延用到現代的英語教學法，例如：英國有個Humanising Language Teaching的師資培育組織到目前仍在經營，並有英國文化委員會（British Council）的認可證照，特別強調人本教學法。

　　綜合上述，早期發展的語言教學方針包含對母語使用的標準、句子結構的訓練、聽說的訓練方式、如何考量實用功能、如何營造環境、及如何照顧學習者的情感部分都有所著墨。

三、轉捩點

　　大致從1970年末到1980年後，開始對英語教學法提出更多

的討論，但是其概念不超出此兩大範疇：一是以英語自然習得理念為依歸；另一則強調學習語言的溝通目的。以下兩大名稱的出現，啟動了以美國及英國為首的兩大區域培育英語教學的主流，以自然或溝通概念直接命名之教學法，也變成更多新式英語教學法，百家爭鳴，紛紛訴求以達成溝通為目標的先驅。

（一）自然教學法（Natural Approach）

在美國由Stephen Kashen及Tracy Terrell兩位學者於1982及1983年發表了自然教學法的想法，以達到自然溝通能力的養成。期望教學法能借鏡語言習得的理論基礎。所提出的教學法是根據了5個假說而來（另見第三單元）。其特色有：

- 推動學習者的習得規則順序。
- 要有大量的輸入知識。
- 錯誤是可讓其自然發展，不要過度使用改正機制，以免破壞了自然習得語言的機制。
- 贊成類似直接式教學法的學習方式，但並不是完全禁止其使用母語。
- 營造教室學習的氣氛：課堂活動、遊戲、小組合作方式皆可使用。

（二）溝通式方法（Communicative Approach）

在上述的功能性課綱教學法提出後，一直到1980年代，在英國也特別興起急需養成日常溝通及交際能力，而以這目標命名的一種教學法。其影響力一直發展到現在，都是以努力改善

溝通為目標的方式來制定方針。其特色來自於教什麼（What to teach?）和如何教（How to teach?）兩個層面來探討：

1.教學內容方面：
* 根據學生的興趣和需要。
* 教學材料來自於日常眞實的情況。

2.教學技巧方面：
* 學生是教學過程的中心。
* 學生需與他人互動。
* 教師的角色變成主持人和活動中的顧問。
* 糾正錯誤僅發生在阻礙溝通的狀況下進行。
* 活動設計達成溝通目的是重要項目，如：雙人合作、分組討論、角色扮演、戲劇、和遊戲等皆可善加利用。

四、百家爭鳴以溝通為目標的教學法

自從溝通式教學方針大為流傳後，各種以不同溝通目的為名的教學法紛紛出籠，常見的有：

（一）任務型導向法（Task-Based Approach）

一些倡導者如：Jane Willis（1996）在溝通式教學方針的潮流中發展出的教學方法，是將語言教學課程變成一連串的任務，如：舉例、整理、分類、比較、解決問題、分享個人經驗、創造等。現今也廣為使用。它的特點如下：

- 語言學習活動必須是眞實溝通所需。
- 語言使用必須是有意義的，因爲有意義的語言活動才能幫助學習。
- 教師在教學的過程需注意活動的帶領爲教學的核心，活動結束後才歸納出內容學習的重點。這樣的順序完全顚覆過去傳統概念的流程，例如：PPP（Presentation-Practice-Product）教學技巧，先列出語言學習重點的知識，然後搭配各類活動只是在協助達成語言學習的目標。

（二）詞彙教學法（Lexical Approach）

這方法的來源始於觀察到詞彙或許是語言學習和溝通的核心，因爲學習文法、規則概念有時並不比詞彙更能解決溝通時所要表達的意思。如果觀察小孩自然學習語言時，也往往是從隻字片語開始（見第三單元）。

知名的倡導者Sinclair & Renouf（1988）一開始提出應對詞彙教學的課程製作加以重視的呼籲後，接下來的數年，如：Willis（1990）或Lewis（1993；1997a；1997b；2000）所出版的書中陸續有詳細介紹此法的理念及應用方式。其特色是特別注意學習字串（lexical chunks）：
- 搭配詞（collocations）：strong tea/coffee。
- 慣用說法：It is admitted that...; make the decision to do ...;
- 固定用途的句型格式：書信用語像是「我期待聽到你的回音」（I look forward to hearing from you.）。

綜合上述教學法得知，從最早期對語言本身結構的重視（language-centered approach），進化到對學習語言歷程或習得焦點的應用（learning-centered approach）、及近來因為學習者溝通需求的多樣化及科技工具的迅速轉變而在教學理念上特別彰顯以學習本身（learning-centered）或學習者為中心以達到自我創造與實現的學習目標（learner-cerntered approach）（Cullen, Hill, & Reinhold 2012），不斷推陳出新、琳瑯滿目。但是總括的來說，每一個新教學理念的提出總是期望彌補舊方法的不足，如：太過著重文法解析，則造成口語溝通成效不彰，可是太過重視溝通式教學法，不特意矯正學生的使用錯誤，也開始發現學生有僵化性（fossilization）的錯誤習慣。此外，重視任務達成或情境學習，也很難控制詞彙和文法的難易度，太過於強調學生的自我實現與自我學習，卻未特別考量到學生的背景（如第三單元提及文化學習方式、個人特質等），是否適合於完全自動化的學習方式，都是語言教學領域中的重要議題。

當代教師需要有高度的智慧與經驗來結合各教學法及課綱之優點，以便達到更能符合學習需要與達到良好效果，所以混合式（hybrid）、折衷式（eclectic）或結合式（integrated）的教學法（Nunan 2001），或是全語言教學法（whole language approach）及以內容為主的教學法（content-based approach），把語言當成一種溝通的工具，而不是片段的切割語言成分來學習，也是在本專業常聽到的解決方式。當然所有出現過的教學法及課綱名稱很難一一道盡，若要深入閱

讀，還可找些常見的書單加以閱讀（如：Richards & Rodgers 2014）。

　　除了上述整體教學方法的概念外，下列將提出一些偏重在語言學習技能，含：發音、單字、文法、聽力、閱讀、口說、及寫作的一些方法。

五、各個分項語言技能教學法
（一）自然發音法

　　英美語世界裡母語人士教授幼兒辨識字母與發音之間的關係，長久以來使用的方法為自然發音法（phonics）。例如：字母k的單字有king，字母b有boy，但是遇到有的字母會有不同的發音，如：字母c在cat會有/k/的發音及在celery會有/s/的發音。長期藉由聽與讀的語料輸入下，逐漸習得兩者之間的對應關係，因此很適合初學英語階段的學習者。現在網路上也有些專門網站來說明與展示自然發音法系統、及活動（如：Reading Rockets 2015; Scolastic 2015）。

　　但是，自然發音法也並非是解決發音的萬靈丹，特別是遇到較不熟悉的字但卻有兩種不同發音的可能方式時，如下表4.1所列的字中間都有ou排列在一起的字母，卻產生多種不同可能的母音（見圖表4.2）：

圖表4.1：單字中有ou字母者

acc[ou]nt	b[ou]nce	c[ou]ld
m[ou]se	sh[ou]ld	m[ou]ntain
l[ou]d	sh[ou]lder	b[ou]lder

　　當然母語人士可以靠大量接觸語言的機會習得正確的發音，但是對外語學習者而言當遇到平時不常見的用字，如：acoustic時，恐怕還需藉由字典的查證才知是一個長母音的/u/的發音（見下表4.2）。因此當學習者年齡或認知發展都較爲成熟，或語言能力開始進階時，進入有系統的學習音標符號，也不失爲另一個解決途徑。

圖表4.2：ou可發音的方式

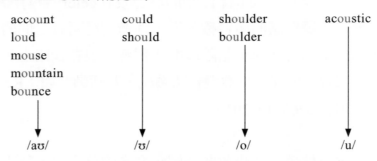

　　對母語人士而言，這些發音往往可在歌謠、童詩、童謠（本文通稱韻文教學）的伴隨下逐漸成形。因此以下整理出韻文教學法的重要性、原理、及各類材料的取材與建議教學活動。

（二）韻文教學法

　　每種語言都有他們津津樂道、朗朗上口的韻文。舉例來說：在一個臺灣部落格網站〈中英文兒歌部落〉（Kids Songs Blog）中已整理出不少耳熟能詳的中文和英文兒歌，可見其他各地、各國、各文化盛傳的韻文材料不勝枚舉。

1.韻文教學的重要性

　　由Booktrust（2016）所整理出來相關英文韻文教學研究資料中，已經不難發現孩童的韻腳知識與其拼字、聽、說、閱讀甚至是日後的書寫能力息息相關。因此越早讓孩童接觸童謠對孩童的語言發展是有利無害的，因為可不斷的內化兒童的自然語音知識和基礎詞彙。

　　再者，韻文十分適合用來做為以聽、說、歡樂唱遊為主的學習方式，符合兒童的學習特色。在Sabrina Peck（2001）的文章中很清楚提出語言學習對兒童而言應該是一種遊戲，藉由韻文來遊戲的教學值得重視。如此一來，兒童在生活中或課堂中接觸和使用語言，往往能夠感受語言的韻律、起伏、聲音大小及波動、語調等，這是第一語言習得很自然的發展結果。

　　本書在第三單元提過，語言的發展是有階段性的，從嬰兒時期牙牙學語，幼兒時期的字詞發聲，到兒童時期的語言發展能力，藉由語言習得（language acquisition）的相關研究，都有一些指標可循。因此能讓兒童或初階的第二語言學習者對英

語聲音發生興趣和專注力的教學是一個重要的基石。韻文教學原理可基於本單元稍早已介紹過的教學法加以運用。

2. 運用當代英語教學原理

(1) 全肢體反應法

是通過身體動作學習語言的方法，特別適合兒童學習韻文，把歌謠的內容用動作或表情表現出來，邊說唱邊做動作。兒童若能對教師所要求的指令有動作反應，多半是兒童已經聽懂了。因此，這種方法符合幼兒本身喜歡動的特點，能夠引起幼兒的學習注意力與興趣。

(2) 溝通式教學法

在選用韻文時可考量到它們是否具溝通性的對話，這樣可養成學習者的溝通能力。如：

A：Baa Baa Black Sheep, have you any wool?
B：Yes, Sir. Yes, Sir. Three bags full.

這就含有問句及回應的部分。在溝通式的教學活動設計理念中，很自然可以呈現對話，在韻文教學的過程中對學生的要求應該是以表意，能達到對話的目的為主，學生所犯的語言錯誤如果不影響意思應該不要太直接的點出，以免打擊學生學習的樂趣。其實溝通方式無處不在，遊戲、戲劇、角色扮演、競賽等項目都應是孩童生活中很自然的學習功能。

(3) 情境教學法

可以在不同的韻文中發現不同的情境，讓學生做角色扮演，置身在很多夢幻或現實生活的情境裡。根據不同的年齡層來增加情境扮演的複雜性。基礎簡單一點的童謠比方說：Ten Little Indian Boys，除了吟唱舞動外也可結合藝文活動，如：動手製作道具然後裝扮與化妝變成印地安小男生來唱遊這首童謠。

(4) 聽說教學法

儘管聽說教學法在句型練習的強化上遭到很多批判，如：是一種不自然的語言學習方式及強調句型練習，與正常溝通的語料有差異。但是在韻文教學中，有些韻文自己本身就已經帶有句型結構的重覆性，如：

Rain, rain, go away.

Come again another day.

Daddy	
Mommy	
Brother	wants to play.
Sister	
Baby	
Little Johnny	

Rain, rain, go away.

重覆性在兒童或初階的英語教學無可避免，因為養成反射性動作，還是能達到語言的輸出效果，只要兒童或學習者開心，願意配合教學，就達到當代英語教學的核心目標。

(5) 自然教學法和建議情緒教學法

這兩種方法的共同精神就是期望能夠營造輕鬆而愉快的學習環境，以降低學習者之緊張情緒。前者強調給予學習者豐富的聽與讀的過程，不必急於檢驗學習者所學，造成其壓力，因為在正常的情況下，在必定的習得時刻來到時，學習者自然能夠輸出語言。而後者是希望能營造出輕鬆愉快的氣氛，如：音樂、舒適環境的使用特別重要，這樣可以激發學習者的潛能反應，造成正面的學習成效。韻文的教學符合這兩種方法的核心精神，因此值得多加在兒童英語教學上推廣。

3. 教學方法與活動介紹

一般而言，東方文化的教師相較於西方文化影響的教師在教室裡行為舉止多半比較拘謹，活動的設計也相對比西方教師需更花精神和時間來準備，因此可想而知，在韻文教學很需要載歌載舞和遊戲活動的特性上，應該會比較擔心。

以下除了彙整專業圖書與政府出版的韻文材料，也提供一些網站教學影片來參考。當然，在眾多的選擇中，建議授課教師自己也要喜歡教學材料和方式。教師可以養成記錄下自己喜歡和不喜歡各種不同的材料和教法的理由，以便讓自己在教學上培養評估的能力。

(1) 書籍教材選取

　　其實一開始如果教師比較不熟練應該如何教授韻文，建議可使用教科書以便讓教學較有系統，以下簡介一些在臺灣容易取得的教科書。

①張湘君教授（2000a; 2000b）出版的英文童謠創意教學是一個不錯的開始。韻文選取以傳統、而且編寫成兒歌者爲範圍，課程中也涵蓋圖片、教法與各式活動。

②師德文教譯著西方所用之韻文教學用書，彩色印刷，有分級制度及教師手冊。2008年出版兒童英語歌謠精選，製作了17種不同的語言學習功能，如：數字、過去式動詞等概念。2011年出版了英語童詩練習本1和2。爲減免教師出題驗收韻文教學成果的壓力，建議也可使用教科書來驗收學生是否習得了一些韻文發音原理。如：師德（2008）、（2010）、（2011）或其他年份出版的韻文發音練習本。

③Carolyn Graham早在1979年出版Jazz Chants一書時，已強調反覆重覆的句型和詞彙配合音樂與各式活動來學習日常美語會話的特色。

　　（另可參考http://www.youtube.com/watch?v=R_nPUuPryCs&feature=related）

(2) 網路資源

　　除了上述的教科書，也可尋找其他網路免費資源，增加多元的學習內容。

①台中市國小英語補充教材：台中市政府教育局在2007年時委任大同國小主持，協同英語推動委員會委員多人（含本書

作者）完成編輯並分級朗讀教材，根據內容的難易度，稍作分級（共三級）。其中囊括經典與現代的歌謠與韻文語料，最後請英語為母語的教師完成配音，但無影片或歌曲部分。目前可在網路上下載取得該教材http://www.dtes.tc.edu.tw/6_Learn_Resource/English/。

②鵝媽媽俱樂部（Mother Goose Club）：由於影音檔案對孩童極具吸引力，教師們也可參考這個經典韻文網站，以豐富教學的教材。

➤ http://www.mothergooseclub.com/videos.php

➤ http://www.youtube.com/watch?v=x64VMzXc5pg&list=UUJkWoS4RsldA1coEIot5yDA&feature=plcp

③其他有趣的網路影片：可參考做肢體動作，配樂等技能。或者單純讓學生欣賞，吸引注意力。

➤ If You're Happy & You Know it
http://www.youtube.com/watch?v=Dw45CQewCLY&feature=relmfu

➤ Head Shoulders Knees and Toes
http://www.youtube.com/watch?v=gxphoOOwTbo&feature=related或下一個連結
http://www.youtube.com/watch?v=ka7d-13iWbA&feature=related

➤ Finger Family
http://www.youtube.com/watch?v=2hM8CMUYxuw&feature=fvwrel

➤ Ten Little Indians

http://www.youtube.com/watch?v=urdg94V7NLE&feature=
relmfu

➢ Rain, Rain, Go Away

http://www.youtube.com/watch?feature=endscreen&v=c3v0
rJqyCTM&NR=1

或

http://www.youtube.com/watch?v=KAYZo8a8AHg&feature
=related

➢ Hickory Dickory Dock

http://www.youtube.com/watch?v=HGgsklW-mtg&feature=
relmfu

➢ Little Snowflake

http://www.youtube.com/watch?feature=endscreen&NR=1&
v=tbbKjDjMDok

➢ The Itsy Bitsy Spider

http://www.youtube.com/watch?v=EvlEs6rKJoE&feature=r
elated

➢ The Wheels On the Bus Go Round and Round

http://www.youtube.com/watch?v=dLwyUAWbI34&feature
=related

➢ After a Bath

http://www.youtube.com/watch?v=DYLkVxEn2iE&feature
=related

➢ Old MacDonald

http://www.youtube.com/watch?v=mSchoyVzH8c&feature=
related

➢ Three Bears

http://www.youtube.com/watch?v=DqiJe5HBgt8&feature=f
vwrel

➢ Twinkle Twinkle Little Star

http://www.youtube.com/watch?v=Esdq3pfuT94&feature=r
elmfu

➢ Baa, Baa, Baa Sheep

http://www.mothergooseclub.com/videos.php

➢ The Skeleton Dance

http://www.youtube.com/watch?v=Jpvuqj5nv6U&feature=re
lated

➢ S-A-N-T-A

http://www.youtube.com/watch?v=mGAYzlqj-
aE&feature=relmfu

➢ Shape Song

http://www.youtube.com/watch?v=OTksJGpJllU&feature=r
elmfu

➢ It's Rainy

http://www.youtube.com/watch?v=SA_zWo5LGF0

➢ Popular Nursery Rhymes（24首）

http://www.youtube.com/watch?v=_bZcfQSvEYY&feature=
BFa&list=CL03ZiZ_a8Jas

➢ Muffin Songs（30首）

http://www.youtube.com/watch?v=LjxxHlfVT1g&feature=B
Fa&list=ELAFf9SF5gLJo

➢ Muffin Songs（27首）

http://www.youtube.com/watch?v=csEYFEDO7Ig&feature= BFa&list=ELs2xIr3QQF2A

➢ 公共電視唱唱歌謠與韻文

http://web.pts.org.tw/php/html/e4kids/song/chant. php?XCHENO=1#A

4. 活動設計想法之分類

(1) 韻文解說及文化教學

例如：London Bridge Is Falling Down

http://www.youtube.com/watch?v=uJ637HpzUFU&feature=a utoplay&list=UUJkWoS4RsldA1coEIot5yDA&playnext=34

若與文化教學有所相關的連結可介紹看倫敦橋的圖片及影片，實際讓學習者視覺體驗真的有此大橋，並讓學習者練習用英文描述橋的外形等語言的描述和表達能力。另外，可告知學習者此歌詞也出現在電影及流行音樂中，並進一步訓練學習者是否能聯想到與自己文化或生活經驗中的相關事物可介紹給外國人士。其他例子不勝枚舉，例如：萬聖節教學（https://www.youtube.com/watch?v=kt319a0GkCc）。

(2) 教學生繞口令

➢ http://www.youtube.com/watch?v=I_Xx2SB8ewI&feature=a utoplay&list=UUJkWoS4RsldA1coEIot5yDA&playnext=21

➢ 教法：可讓學生練習此繞口令。

➤ Peter Piper picked a peck of pickled peppers,

A peck of pickled peppers Peter Piper picked;

If Peter Piper picked a peck of pickled peppers,

Where's the peck of pickled peppers Peter Piper picked?

➤ 然後競賽出唸得快又正確的優勝者。

➤ 此繞口令也十分適合用來教授氣音與非氣音/p/及母音的差異。

(3) 教學生配合演出

①Diddle, Diddle, Dumpling

➤ http://www.youtube.com/watch?v=TYmAmtw1VPM&feature=autoplay&list=UUJkWoS4RsldA1coEIot5yDA&playnext=22

➤ 教法：穿著襪子爬上床，一腳鞋子脫了，另一腳還穿著。

②The Grand Old Duke of York

➤ https://www.youtube.com/watch?v=3iN_9un1Xww&feature=autoplay&list=UUJkWoS4RsldA1coEIot5yDA&playnext=23

➤ 教法：讓學生表演走到山頂，又讓他們走下山，他們一會兒在山頂，他們一會兒在山下，一直在行走踏步。隨著詞意境變化姿勢。

③Simple Simon

➤ https://www.youtube.com/watch?v=cxnXwklMB_k&feature=autoplay&list=UUJkWoS4RsldA1coEIot5yDA&playnext=48

➢ 教法：傻瓜Simon遇到賣派商人，他想嚐嚐派的滋味，賣派商人要他付錢，可是Simon沒有半毛錢。然後另一角色幫忙付錢，讓Simon嚐到派。

④Doctor Foster

➢ https://www.youtube.com/watch?v=5FaZuio4DyE&feature=autoplay&list=UUJkWoS4RsldA1coEIot5yDA&playnext=49

➢ 教法：福斯特醫生路上遇到大雨，他踩進一個水坑，正好到他身高的一半，他是再也不會去那裡了。可如影片用讀者劇場方式進行。

⑤Wheels on the Bus

➢ https://www.youtube.com/watch?v=yR34uK3WofM&feature=autoplay&list=UUJkWoS4RsldA1coEIot5yDA&playnext=50

➢ 教法：繞圈行走表示巴士行進中，雙手左右揮動表示雨刷，雙手開闔表示門開開關關，做出按喇叭的動作，做出投擲零錢的動作，做出哭的動作和「噓」禁聲的動作。

⑥Queen of Hearts

➢ https://www.youtube.com/watch?v=AKQx8yI1EE4&feature=autoplay&list=UUJkWoS4RsldA1coEIot5yDA&playnext=51

➢ 教法：告知學生這些角色來自於愛麗絲夢遊仙境（Alices's Adventures in Wonderland）。紅心女王做了水果餡餅，紅心騎士Knave偷走全部的餡餅，紅心國王要狠

狠地懲罰他，紅心騎士Knave趕緊把餡餅送回來，並且發誓他再也不會偷東西了。

⑦Little Boy Blue
➤ https://www.youtube.com/watch?v=MTJgtjiu1CI&feature=autoplay&list=UUJkWoS4RsldA1coEIot5yDA&playnext=1
➤ 教法：三人爲一組，A可唱小男孩吹起你的號角，羊在草地上，牛在玉米場上，但照看羊的男孩在哪裡？然後B可回應他在乾草堆裡睡著了。最後AB同時去把C（飾演熟睡的小男孩）叫醒。

⑧Three Little Kittens
➤ https://www.youtube.com/watch?v=cIXCwIXcKtU&feature=autoplay&list=UUJkWoS4RsldA1coEIot5yDA&playnext=2
➤ 教法：三隻小貓弄丟手套，媽媽說：「沒有餡餅可以吃。」他們嘆氣喵喵叫。後來他們找到手套，吃完餡餅，但把手套弄髒了，他們嘆氣喵喵叫。接著他們把手套洗一洗，媽媽說：「你們眞是太可愛了。」但是媽媽說：「我聞到老鼠的味道。」貓咪們又開始嘆氣了。

(4) 遊戲、卡拉OK、手勢教學及小組或團康活動

①London Bridge Is Falling Down
http://www.youtube.com/watch?v=uJ637HpzUFU&feature=autoplay&list=UUJkWoS4RsldA1coEIot5yDA&playnext=34
➤ 教法：這首英文童謠最經典的遊戲帶法就是請課堂中兩名學生分站兩邊，互握雙手抬高形成一道拱橋狀，其他學生

排成一長列，一面吟唱，一面跟著節奏行走，穿越大橋，唱快就走快，唱慢就走慢，等大家唱起London Bridge is falling down這一句時，兩名作拱橋的雙手就會從高處往下，如同倫敦大橋眞的往下閉合的狀態，此時正穿越拱橋的學生就會被抓到，看是要獎勵爲贏家還是輸家，此首吟唱遊戲便告一段落。

② Who Took the Cookie from the Cookie Jar?

➤ http://www.youtube.com/watch?v=Eh_fRQRAgo0

➤ 教法：影片中區分數個學習階段，首先讓學習者看影片，反覆熟悉文字與韻律，然後所有學生和老師坐在地上圍成一個圈圈，開始吟唱及作團康活動：

➤ 所有人拍節拍及吟唱：Who took the cookie from the cookie jar?

➤ A（起始者）：You took the cookie from the cookie jar.

➤ B（被點名的人）：Who? Me?

➤ 其他人：Yes. You!

➤ B：Not me.

➤ 其他人：Then who?

➤ B：C（B指定C爲下一個人，下一輪遊戲由C開始一直循環下去）

(5) 教單字及拼字

S-A-N-T-A | Super Simple Songs

➤ https://www.youtube.com/watch?v=mGAYzlqj-aE&feature=relmfu

類似此首，很容易習得一個字聖誕老人（Santa），並熟悉與其相關介紹需使用的單字。

(6) 學習創作韻文

➤https://www.youtube.com/watch?v=fkt_0yijTpk&feature=autoplay&list=UUJkWoS4RsldA1coEIot5yDA&playnext=12

➤教法：基礎的數字教學，也可藉由韻文學習。例如：藉由 *One Two Buckle My Shoe* 學習數算數字。之後，則結合押韻的概念，給予例子（*Three Four Open the Door*），最後由學習者輸出自己的創新韻文，例如：*Seven Eight, Don't Be Late* 產出各種變化。

由於教科書或網路資源豐富，建議教師多加整理並用文字記錄課程設計或學習單，以便更加熟悉自己的教學進展，並可提供未來改進的基準。可參考台中市政府資源教學資源網下的英文領域，然後列表可選數位教學資源網站http://etoe.tc.edu.tw/index/vdom/dm/5。其中也有針對韻文教學的：http://etoe.tc.edu.tw/index/vrs/did/9311。

總的來說，韻文教學法應考量到語言教學功能及目標，其功能不僅只在單純帶動唱，提振學生的學習精神而已，也不一定全都要使用音樂和跳舞，動作也要依學習者年齡而定，以學習者可表現的程度為準，並非越多越好。甚至在聽說唱跳之後，也可更進一步讓學生學習創作韻文，並且書寫出來，如此也能符合全語言的學習，聽、說、讀、寫四技並用。簡言之，

多重運用各項混合技術，但是注重達到教學目的，始終是應謹守的簡單教學原則。

（三）詞彙教學法

從上述自然發音法與韻文教學法兩種適合早期、初階或兒童基礎英語教學階段，可以看出不斷反覆訓練詞彙的發音、拼字、及簡單常見字的順序所形成的句型等層面，對奠定語言能力的基礎十分重要。

基本上，上述兩種教學法十分符合現代詞彙教學的核心概念。本書作者Shen（2003）年回顧了一些重要的詞彙教學模式，如：Brown & Payne（1994）及Hatch & Brown（1995）提出了5R的詞彙教學模式來教授字彙的過程。5R指的是五個步驟：(1)是遇到與接收（receiving）新字彙、(2)認識（recognizing）字彙的形態、(3)對這個字彙保有印象（retaining）、(4)取得（retrieving）字彙的意思，最後是(5)一再使用（recycling）這個字彙。

然而，學習詞彙的過程中似乎很難保證看過或接收過的單字都能認得或使用，如下圖4.3中從道路上所用的圓環設計來表述詞彙學習的概念，最中間的圓環指的是人內在或腦學習的區位，另有一個圓環區域表述的是接受單字的循環機制，及輸出的循環機制，在經過不斷的拾回獲得或遺忘的循環機制後，有些字很可能再度被認得，並得以被使用。

循環的學習過程若沒有特別使用記憶策略（如：Oxford 1990），有些單字也很難保存在大腦的深層記憶區中，因此，很有可能學習某些字時也很難進入5R模式的第四及五的步驟。也就是說，學習單字的過程也許無法像5R的完美教學模式一樣的線性逐漸增強的發展，有時甚至很有可能在學習過程中有落後的現象，例如：因為注意力不集中、記憶力不佳或是壓力大而忘記學習的字彙。但長期而言，只要這循環系統不中止，學習者應會在學習中獲得進步，正如Carlucci & Case（2013）在認知功能領域所發現的U型（U-Shaped）學習發展三大歷程曲線：開始學習的時候表現不錯、然後學習中有些退步、但最後又爬升到不錯的表現。

圖表4.3：單字接收與使用的圓環運作圖示

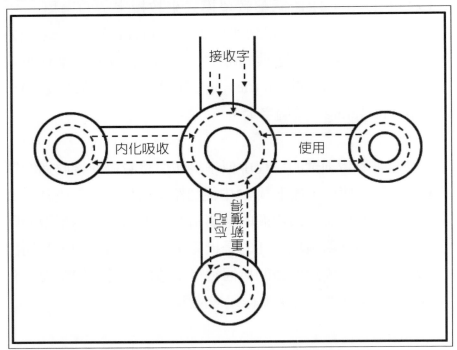

Shen（2003）進一步的改變5R的線性教學模式，成為一個循環式的教學方式（如下表4.4所示）。

圖表4.4：5R單字學習步驟的循環圖示

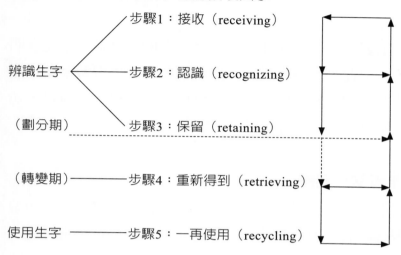

在上表步驟一教學時，學習者可以藉由聽與看的方式接收到各種日常生活語料、課堂上老師的教導，或與母語人士、同儕溝通等管道收到新字彙（reception）。學習者收到的新字彙有可能無意間習得（incidental learning），也有可能要刻意的學習（intentional learning）。步驟二表示學習者在收到新字彙後，會試著辨認、猜測新字彙、分析字彙的形態及其發音、或將新字彙和以前學過的字連結在一起來猜意思。其後可能接續步驟三的保有（retaining）和步驟四的取得（retrieving）這兩個步驟。在猜測字彙時，學習者也可以使用輔助工具，例如：字典、詢問他人。但如果學習者選擇在步驟二時忽略新字彙，之後也沒有常看到該字彙的機會，那學習者可能就沒有機會學

到該字彙（請參考步驟三、步驟四之間分隔的線條和箭頭）。這樣的循環過程也並非一定照順序推演，也有另一種可能是學習者在收到該字彙後（步驟一），直接吸收該字彙就馬上跳到步驟五使用出來。

雖然上表表述循環式5R的學習階段間的轉換並不是完全明確固定的，但此表的概念是為了顯示學習者在學習新字彙可能會經歷的各種習得步驟的可能性。這個學習過程十分複雜，並需要配合使用很多的學習技巧。

（四）學習文法知識

之前第一單元提到句型的衍生性，且在第三單元提到句型的自然習得發展，因此系統化的學習句型，只要是應用得宜，也無須擔憂如批評早期文法一翻譯法所背負之無法扮演增進語言使用能力的罪名。以下先介紹文法概念的數個常見術語，以便釐清第二語言學習者所應學習的文法層次，並且列出文法種類、基本句型、及句型變化等概念。

1. 規範性文法（Prescriptive Grammar）

由文法權威寫出大家使用語言時所應遵守的規則，代表了最正統英語的使用。但是，在目前學習英語以溝通為主流的情況下，此法的規範似乎離學習者越來越遙不可及。

2. 描述性文法（Descriptive Grammar）

藉由存在於母語人士實際使用的英語為基礎以解釋其規則。但是由於文法概念十分廣泛，規則極多，學習者比較難以迅速通盤了解。

3. 教學用文法（Pedagogical Grammar or Teaching Grammar）

將最常見或核心的文法概念整理出來，以便學習者得以快速具備基礎語法能力。以外國語教學而言，此種文法較適合學習者。

4. 口語用文法（Spoken Grammar）

有些在口語上十分常見的句型，卻相較於書寫用的文法來講較不正式（informal），但卻有常見的使用法。如：句型不完整，主詞也常省略，例如：想走了嗎？（Wanna go?）兩人對話中常不見主詞「你」（you），而且也不是一個符合語法學家分析最正式的問句句型，將助動詞放置句首的移動原則（movement rule）。另外，口語中也常聽到英國人使用附加問句（tag question）或反問句，類似「天氣真好啊，不是嗎？」（It's a lovely day, isn't it?），這種說法使用度極高，甚至有社交的功能，因為可以是展開對話的開始。

5. 書寫用文法（Written Grammar）

廣義的概念就是要求句型要正式（formal）、精確（accurate）。較像是學術性寫作（academic writing）、報告書寫要求的規範。不過，最近由於ELF（如第一單元提及）的發

展以及用英語為溝通目的的討論下，一般英語使用在不影響了解意思的情況下，似乎有逐漸放鬆對書寫文法的正確度與嚴謹度的要求。

6. 五大簡單句子的形式（常見說法為五大句型）

(1) S + Vi（主詞＋不及物動詞）。

例句：Money talks.（有錢能使鬼推磨；金錢萬能）。

(2) S + Vi + SC（主詞＋不及物動詞＋主詞補足語）。

例句：She looks beautiful.（她長得漂亮）。

(3) S + Vt + O（主詞＋及物動詞＋受詞）。

例句：Tom hold his son.（湯姆抱著他兒子）。

(4) S + Vt + IO + DO（主詞＋及物動詞＋間接受詞＋直接受詞）。

S + Vt + DO + Prep + IO（主詞＋及物動詞＋直接受詞＋介詞＋間接受詞）。

例句：He gave me a gift. = He gave a gift to me.（他給我一本書）

(5) S + Vt + O + OC（主詞＋及物動詞＋受詞＋受詞補足語）。

例句：Sad movies always make me cry.（難過的電影總是令我哭泣）

7. 句子結構的主要組合變化

(1) 簡單句（Simple Sentence）。

例句：I love Mary.

(2) 合成句（Compound Sentence）。

例句：I love Mary, and she loves me.

(3) 複雜句（Complex Sentence）。

例句：I love Mary because she loves me.

(4) 複雜──合成句（Complex-Compound Sentence）。

例句：I love Mary because she loves me, and she will never change.

（五）語言技能導向的教學原則

通常英語教學中以聽、讀、說、寫四大技能來安排課程的情況十分普遍。前兩者的訓練屬於學習者接收技巧（input）的部分，可歸為內化（receptive）能力的部分，而後兩者是屬於學習者的輸出（output）能力，則歸為表現（productive）能力的部分。

1. 內化（Input）能力：聽讀

在內化能力的培養上有兩大歷程之不同的學習方式：(1)由上往下（top-down）和(2)由下往上（bottom-up）。「上」指的是全篇概念的理解，「下」指的則是枝節或是單字、片語等意思的學習。

在由上往下的過程中，首先注重學習者了解閱讀或聽全文及其背景知識（單數型schema；複數型schemata或schemas），繼而特別注意到枝節部分（如：單字、片語等）的學習，當藉

由大量的內化（input）輸入後，學習者得以建立了更多的背景知識，就能加速增進閱讀及聽力能力的成長。反之，第二種學習方式則由枝節部分開始，然後逐步架構出對全文的了解。

2. 泛讀／聽與精讀／聽之區別（Extensive vs. Intensive Reading/Listening）

除了上述上下方式學習歷程不同的著重順序，在教學與研究討論中，也會區隔「泛」讀／聽以及「精」讀／聽的方式。前者意指讀或聽全面或大概的意思，往往是在閒暇的時間為了樂趣的目的，而精讀／聽傾向於較不放鬆地專注在局部的文字或內容，有時給學習者的壓力比泛讀／聽來得大，因為多半具有學習要求達到的目標需求。

英語教學培訓師，如：Jeremy Harmer（2001；2007）多半喜歡提倡泛讀／聽，因為泛讀是發展自動化學習機制最好的方式，而學生亦能藉由泛讀學到更多語言，進而在語言能力的表現上會來得更好。

3. 輸出（Output）能力：說寫

為了成功溝通，我們必須以能讓聽者或讀者了解的方式架構我們說話或寫作的方式，因此，如第二單元所述，學習話語（discourse）模式就有其必要性。讓學習者了解與應用在談話或寫作中常見的對話模式和詞彙固定用法及搭配詞的使用，以便迅速獲得學習的成就感。

並且需要讓學習者得知正式（formal）與非正式（informal）的英文使用，以便了解社會的規範（social norms）與語言使用的合宜性（appropriacy）。例如：在英國或美國打招呼會用的Good morning，澳洲人卻常用Good day。此外，若以在論文式的段落格式書寫或重要演說的訓練上來說，英美語人士往往會開宗明義，直接將自己要表述的重點放在首句，而臺灣學生則使用中式思維往往在開頭時很想交代很多相關於重點的背景或理由後，才出現一個段落的重點。這些規範也就是學者在先前第二單元中所強調的社會語言學及話語能力的定義。

當然，格式規範之外，還有其他規範則較屬於語言上的使用部分，諸如：語言使用的文法連結性（cohesion）、轉換文意時所用的轉折語（transitions）、重點的提醒訊號如：時間順序（time order signals）或步驟順序（process signals）、及結語訊號（concluding signals），都應讓學習者多方接觸，以便瞭解不同的文本（texts）格式。

（六）學習特殊專業及跨領域課程

如前所述，在以溝通式概念的教學法盛行之後，專門以文法教學的課綱就備受批評其在溝通能力養成上的功用。近來與國際溝通用途定位逐漸專業化，因此，一般傳統英語的授課內容有時被批評無法運用在實際工作用途的需要，導致於各種專業化及工作訴求的課程亟需開發。

現行數個課程架構基礎原則有以專業目的之英語課程（ESP: English for Specific Purposes），也有稱之為英語為學習專業課程之授課媒介（EMI: English Medium Instruction）或是英語與內容結合之學習課程（Content-Based or CLIL: Content and Language Integrated Learning）。另見第五單元的介紹。

EMI或CLIL指的是如何藉由英語來學習實質的或真實的知識或學科。也就是說：任何一個學科都可以用英語來傳授，而非只能用母語來授課。在北美地區，常聽到內容為主的數個教學方式有完全／不完全（total/half）浸泡式（immersion）、主題式（theme-based）、保護式（sheltered model）等名稱（參見Snow 2001）。比如說：在臺灣如果有資訊素養課程、統計學或地理等學科，那教師需要知道CLIL特殊的英語教學的原則與方法以便透過英語來傳授這些課程。

總的來說，傳統或現存的大多數語言課程往往期望加強某些語言技能的焦點訓練後，就能幫助學習者連結所習得的知識。但是受到不同的語言習得理論影響（如前所述），總覺得這隔離技巧教導（segregated-skill instruction）的學習方式還是違反了人類正常溝通的精神，因此宜應用整合技巧教導（integrated-skill instruction）或之前所提混合式教學法及全語言教學法以彌補其不足。

討論各個教學課程的原則進入尾聲之後，還須注意一個重

要教學環節為驗收與評估（evaluation or testing）部分，以下介紹一些測驗的基礎概念。

六、英語能力評估與測試

考試的形式往往領導教學（washback or backwash effect），似乎是人之常情。因此，也有一種教學法專門注重學生的語言輸出能力（competency-based language teaching），整個教學目的如：Richards & Rogers（2014）所述，就是以驗收學習者的成果（production/outcome）為主，與前述其他概念的教學法或方式所重視將教學視為輸入（input）的歷程較為不同。在臺灣也很常見教學目的多半受限在以通過考試為導向：

1. 進度與成績測驗（Progress/Achievement test）：評量學生的能力看是否跟上課程進度。

2. 安置測驗或分校／班測驗（Placement test）：這種測驗能將學生分配到較適當的學校或班級。

3. 整體能力檢定語言能力測驗（Proficiency test）：此測驗指標適用於申請國外大學、找工作、或獲得特殊證照。常見的語言考試：托福、雅思、多益，就是類似這種。

一種比較公平的測驗須注意兩個指標：(1)效度（vadility）：考題內容合適或是足夠的考試數量；(2)信度（reliability）：一群人重複考同一份試題的結果都不應該有太大的落差。以此標準而言，一些國際化的英檢考試有大量針對考題及成績進行研究測試，因此用來斷定學習者的語言狀況或許較為客

觀（Harmer 2015）。目前在國際上常見前往到英、美、加、紐、澳等英語系國家認可的測驗，如：TOEFL、IELTS、TOEIC，都有研究信度與效度的研究。不過，是否都應該選擇國際級的英檢考試實在還是得視需求而定，不然在臺灣也認可GEPT。

　　當然，很多英美母語籍的英語教學培訓師，如：Jeremy Harmer會強調測驗的功能還是不應抹煞學習者的興趣，因為如果學生是為了考試而讀書、一直反覆學習做測驗的技巧，這樣課程就會變得乏味無趣。但是，Martin Cortazzi及Lixian Jin也以文化影響的角度（culture of learning and teaching）深度探討了英語教學的習慣還是有東西方的差異，以東方（如：臺灣）在考試領導教學的文化上恐怕是很難改變的思維。因此如何客觀評估學習者的能力值應是測試領域持續努力的目標。

　　整體來看，英語教學的原則、傳授課程的方法、及測驗題的設計，都是為了學習者能夠藉由課程的教學輔助，達到提升學習者能力的目標。因此，英語教師也應熟悉教育學理論中一個有名的架構，稱為Bloom的分類法（Bloom Taxonomy），以全方位及有系統的架構擴增學習的能力。

　　該架構以美國教育心理學領域學者Benjamin Samuel Bloom為首，最初在1956年時勾勒出認知層面的六大指標能力後，陸續由Bloom或他人在往後陸續制定出其他層面的指標（見下表4.5），是一個可參考用於全面規範各課程設計的模式。

圖表4.5：Bloom初始的教育目標分類

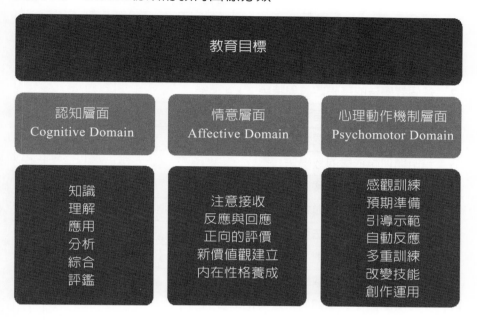

教育目標

認知層面 Cognitive Domain	情意層面 Affective Domain	心理動作機制層面 Psychomotor Domain
知識 理解 應用 分析 綜合 評鑑	注意接收 反應與回應 正向的評價 新價值觀建立 內在性格養成	感觀訓練 預期準備 引導示範 自動反應 多重訓練 改變技能 創作運用

　　上表表述的概念是教育目標有三大分類（第二層次）：認知、情感、技能訓練以養成內在自動化的行為。各個分類還有細項重點，其中特別以認知層面的項目在教育上最引發討論，因為從上而下的細項重點也代表不同位階的智力發展，例如：知識取得為最低階的智力層次，而從應用之後到分析、綜合與評鑑的層次，則屬於較高階的智力表現。

　　近年由於更多教育理念蓬勃的發展，Bloom的原始分類法也引起多方的討論，已有些調整與變化。不過，其分類法仍堪稱為20世紀的經典代表，也很適合用來歸納與理解本書第三單元及第四單元在英語教學脈絡上所發展過的學習原理與教學原則。

七、第四單元總複習與應用項目精熟度確認單

是否能說／寫出…?	是	還好	否
1. 知名的英語教學法大致上從早期到現今出現的發展脈絡			
2. 各個教學法的基礎定義與特色			
3. 教學法的前後發展有沒有互補優缺點的關係			
4. 英語韻文教學的重要性			
5. 有明顯理論依據的教學法			
6. 溝通式教學法的發展			
7. 自然發音法的原則與方式			
8. 分析教授自然發音法可能遇到的困難			
9. 英語韻文教學的原則			
10. 如何選用英語韻文教學的教材			
11. 更多英語韻文教學如何帶入文化學習的例子			
12. 教授詞彙的原則			
13. 教授實用文法的方式			
14. 測驗的目的			
15. Bloom整體的教育目標分類			
16. 分析英語韻文教學時如何看待母語的使用			
17. 分析聽讀和說寫技能的學習差異性			
18. 分析與申論適合臺灣各級學校學習環境適合的教學法（整合題）			
19. 各教學方法明顯相同或相異之處（整合題）			

Part 5
第五單元

建議未來知能
之
深化目標

　　通常大學生一旦決定要修習師資培育等專業課程，大約可從大學二年級左右開始進行，因為外文系課程中安排的語言學及其他英語教學等課程多半從這個時間點開始安排。當然即使未能在大學時代就讀師資培育大學，就讀外文系學生畢業後在公立國民中小學也可有兼課或代課機會，不過現在是一個累積證照的世代，有證照才讓自己多一個選擇，有備無患。

　　如果大學時代錯過了取得正式英語教師的機會，那也可在修碩士班時趁機在有給予教師學分學程的大學中完成教師學程。倘若這兩個階段又都錯過了，建議除了精讀本書的概念之外，還可從國外的雲端課程或是類似英國劍橋等檢定考試部分自學或取得修課證明。本單元將延伸前幾章節的重點，告知讀者可以實際參與的考試及準備方式。

一、應付考試需求
（一）報名跨國際認可的英語能力檢定
　　由於目前國際化的結果，加上大學生取得到英美等英語系國家的獎學金機會增多，因此在各種考試經費都不低的情況下，比較建議取得國際級的英語能力證照，可以有多元的用途。以下簡介用途較廣的國際英語證照考試的內容：

1. 多益（TOEIC）

多益測驗的考試目的主要是測驗考生於國際職場環境中能與他人以英語溝通的程度，因此測驗內容主要是以日常溝通使用之英語為主。而其中考題分為兩大項，分別為聽力測驗及閱讀測驗。聽力及閱讀測驗各有100題，考試時間分別為45分鐘及75分鐘。其中第一大題聽力測驗又分為照片描述、應答問題、簡短對話、簡短獨白四個部分，而閱讀測驗則又分為單句填空、短文填空、單篇文章理解、雙篇文章理解四個部分。多益的計分方式，是算考生所答對的題數，分數範圍介於10分到990分之間。報名方式分為四種：網路報名、通訊報名、臨櫃報名，最近也多了使用APP的媒介報名。其中網路及APP報名的費用較為便宜約為1540元，只要去7-11 ibon系統繳費即可，而通訊及臨櫃報名皆為1800元。

另外，多益也有口說及寫作測驗可供考生另外加考，考生可選擇報名「多益口說及寫作測驗」或單獨選擇「多益口說測驗」。其中口說測驗題數為11題，測驗時間約為20分鐘，分為朗讀、描述照片、回答問題、依據題目資料應答、提出解決方案、陳述意見六個部分。而寫作測驗題數為8題，測驗時間約為60分鐘，分為描述照片、回覆書面要求、陳述意見三個部分。而口說及寫作測驗的分數範圍各介於0分至200分之間。這兩種測驗皆採網路及APP報名，2016年報名「多益口說及寫作測驗」的費用約為3200元，而單獨報名「多益口說測驗」的費用則為2240元。在此報價只能參考，因為價格有浮動現象。題數、題型、時間等實際訊息需以官網最新公告為準（以下托福、雅思亦同）。

2. 托福（TOEFL）

臺灣最流行的托福測驗分別為ITP及iBT，兩項測驗皆為臺灣學生出國交換或申請學校的重要門檻之一（另見第一及第二單元）。其中托福ITP是採取紙筆測驗，電腦閱卷的方式，共有三大項，共計115分鐘：含聽力測驗（50題35分鐘、31-68級分）、文法結構測驗（40題25分鐘31-68級分）、閱讀測驗（50題55分鐘、31-67級分），測驗總分以三部分級數之和乘上10後再除以3的公式算法，總分為310分到677分之間。報名方法有四種，分別為網路報名、APP報名、通訊報名及臨櫃報名，網路報名費用為1160元，而通訊及臨櫃報名皆為1420元。

TOEFL iBT測驗則是透過電腦網路連線後進行作答的方式，考試內容共有四大項：閱讀（60-80分鐘、36-56題）、聽力（60-90分鐘、34-51題）、口說（20分鐘、6題）及寫作（50分鐘、2題），每個部分獨立計分，分數介於0至30之間，總分介於0至120分之間，測驗時間大約為4個小時。報名方式則採用電話、網路及郵寄報名，報名費用為美金170元。

3. 雅思（IELTS）

因唸碩士學位到英國留學只要一年的時間，臺灣越來越多學生選擇考雅思。雖然它的考試組別分為兩組，分別為學術組及一般組，臺灣學生多半會選擇學術組以便繼續升學所用，因為一般組考題則較適合以非學位取得為目的及欲申請移民或前往英語系國家工作的考生。這兩組在寫作與閱讀的題目有所不同。

根據臺灣雅思官方考試中心https://www.ieltstest.org.tw/公告的消息，學術組及一般訓練組的聽力題目皆相同，共有四大題型（每一題型下各10小題問題），考試時間為30分鐘。在學術及一般訓練組的閱讀部分，雖然題目不同，但至少皆有三篇文章（40題），考試時間為60分鐘。而寫作部分題目皆為兩篇文章（150及250字），考試時間皆為60分鐘。最後口說的部分兩者題目皆相同，時間為11-14分鐘，需與專業考官面對面口試。計分方式則是聽力、閱讀、口說及寫作各大題為1-9分，最後所得總分則是取四項成績的平均值。在報名方面，共有三種方法可選擇：網路報名、通訊報名、現場報名。其中現場報名須到英國文化協會臺灣辦公室或英國文化協會雅思授權報名中心報名。不過現在為了方便考生考試，增加很多考場，幾乎是全台各地許多較大型及知名的補習班都可以報名。報名費用為6500元。（註：自2016年6月27日英國脫歐公投之後，英鎊大幅貶值，所以去英國遊學或留學，若換算成台幣後，會比以往費用便宜不少。）

（二）申請臺灣的研究所

若是以先進入臺灣的碩士班為考量，建議可熟悉歷年來各校的考試題目。本書特別多方參考了從2000到2016年間臺灣多所學校的考古題，囊括了國北教大、銘傳、彰化師大、靜宜、嘉義大學、雲科大、高雄第一科大、輔仁、交大、淡江、台師大、高師大、中正、東華等校有關英語教學的概念，然後在下表分析整理出重複出現的概念考題，讓讀者了解到這些概念已實為英語教學領域中常見到的討論。

（三）熟悉英語教學的核心概念

1. 分析近年英語教學研究所考古題關鍵概念列表——
出現頻率較高者

圖表5.1：已考過之專有名詞與解釋

項次	專有名詞	定義
(1)	移動式輔助語言學習 Mobile-Assisted Language Learning (MALL)	是一種透過使用行動裝置來輔助和增強語言學習的方法，包含行動式學習（M-學習）和電腦輔助語言學習（見下第2項名詞）的集合元素。行動科技如：手機、MP3、MP4播放器、PDAs（個人化數位輔助器）、iPhone 或iPad裝置。有了移動式輔助語言學習，學生可以取得語言學習工具並隨時隨地與老師及同儕溝通，甚至完成習作、測驗等功能。 （另見第五單元的未來發展。）
(2)	電腦輔助語言學習 Computer Assisted Language Learning (CALL)	早期往往狹義地被視為是一種用「電腦」輔助語言學習和語言教學的方法。現在這個名詞已逐漸被上述第一項名詞的概念所取代。 （另見第五單元的未來發展。）
(3)	文法翻譯法 Grammar-Translation Method	傳統的外語教學技巧建立在明確地指導目標語言（target language）的語法分析、從母語翻譯成目標語言、及從目標語言翻譯成母語的句子翻譯。此教學法盛行的原因在於早年需翻譯希臘文和拉丁文的一種外語教學方法。在文法翻譯課堂上，學生學習語法規則並應用這些規則翻譯目標語言和母語之間的句子。此方法有兩個主要目標：使學生能夠閱讀及翻譯用目標語寫的作品和促進學生普遍的智能發展。 （另見第四單元的介紹。）

項次	專有名詞	定義
(4)	任務型語言教學法 Task-Based Language Learning (TBLL) Task-Based Language Teaching (TBLT) Task-Based Instruction (TBI)	任務型語言學習，也被稱為任務型語言教學或任務型教學。著重在使用實境語言並要求學生使用目標語做有意義的任務。這些任務可能包括：看火車時刻表、進行買賣退換貨等實際日常事務。評量主要以任務結果為依據，也就是要能完成真實世界的指定任務。不太要求有完美母語人士使用的精準文法輸出格式，而比較要求使用目標語言的流暢度，因此學習者比較能夠獲得學習的自信。總之，任務型語言學習也算是溝通式語言學習的一個分支。知名提倡者Jane Willis（1996）認為此教學法的流程大致由前期任務、任務周期和形成語言焦點組成。 （另見第四單元的介紹。）
(5)	Dell Hymes's的「溝通能力」 Dell Hymes's "Communicative Competence"	溝通能力指的是語言使用者的語法知識以及知道如何在社會上各種情況中適當地使用語言。Dell Hymes在1972年前後創造這個詞來補足Noam Chomsky僅對語言結構知識的了解而未討論如何使用的能力。 （另見第二單元的介紹。）
(6)	聽說教學法 Audio-Lingual Methods (ALM)	聽說教學法是基於行為主義理論，聲稱透過不斷的訓練、正向回饋（當然也可以是負面的回饋方式）學好語言。訓練方式通常讓學生聽到正確的句子範例然後照著說，或是代換部分新的單字，不斷重複同一種句型。但是文法結構的說明並非教學重點，其論點是藉由不斷機械化的重複，最後可以達到自然、正確的使用目標。這種類型的活動在語言學習的基礎上和後來發展出來的溝通式語言教學是互相對立的。 （另見第四單元的介紹。）

項次	專有名詞	定義
(7)	溝通式教學法 Communicative Language Teaching (CLT)	強調互動既是教學的重要方法與過程，也是學習的最終目標。後續所引發很多教學法都是延伸了這樣的概念。 （另見第四單元的介紹。）
(8)	內容導向的語言教學 Content-Based Instruction	內容導向的語言教學在近年第二語言或外語教學中極為流行，因其有下列優點： 1. 學習者透過現實生活的語言環境，找到有趣的內容並實踐合適自己使用的語言相關活動，學習者會比較主動，因此有助提升動機。 2. 以內容為本位，提供自然語料與情境，使學習者對語言的使用自然產生關聯，學習語言不再是學片斷或跟自身不相干的語言知識，也符合結合學生學習者的背景知識。 3. 依學生需求與興趣為教學內容，在課程內容設置上有更大的靈活性。 （另見第四單元及第五單元的介紹。）
(9)	Vygostky's的近側發展區間Vygostky's Zone of Proximal Development (ZPD)	是由前蘇聯心理學家Lev Vygotsky（1896–1934）在他生前的最後十年間提出的學習理論，指學習者現有及實際可達到的發展範圍。一般來說，小孩依循大人的榜樣變成一種輔助，其間逐漸發展到完整的能力。因此教育的功能是給予小孩在接觸體驗近側發展區間，鼓勵並推動個人的學習發展。後來近側發展區間的定義特別延伸到第二語言學習，藉由老師或同儕協助的學習範圍領域，在該區域發展完成學習。簡言之，這個理論特別重視學習者的知識成長是可藉由與社群的互動反應出來。 （另見第三單元的介紹。）

項次	專有名詞	定義
(10)	後設認知策略 Metacognitive Strategies	就是在學習的策略上得以區分自己知道和不知道的部分、運用已知的方式及找尋新方法有效的去解決其所不能、得以規劃自己如何學習的方式。學者發現策略學習常因不同的學習者有不同的潛力，因此在教學上需要訓練學生得以思考如何連結既有的知識，去解決新的學習。但是這種能力需要明確的訓練，並不能隨意地潛移默化而得。在英語教學裡語言學習策略常和語言學習方式有所相關的討論。 （另見第三單元的介紹。）
(11)	閱讀教學中的背景理論 "Schema Theory" in Teaching Reading	原本背景理論來自於探索人內在心理結構（有人翻為圖示）的形式，這結構隨時間和不同經驗累積逐漸變成記憶的一部分，可提供人用來組織、搜索和記載很多重要的資訊。在教育過程中，教師的任務是幫助學生建立新的結構並在舊與新兩者之間建立連結性。這理論也應用來協助第二語言的閱讀學習，期望透過閱讀訓練，快速建立第二語言的背景知識。因為第二語言學習者若是沒有足夠的外語背景知識，就很難精通第二語言。 （另見第四單元的介紹。）
(12)	倒流效應 Backwash (Washback)	指考試在教學上造成正面或負面的影響。考試會影響課程文本內容的選取或教學的方式。 （另見第四單元的介紹。）
(13)	關鍵期假說 Critical Period Hypothesis	在豐富的語言環境中有一個理想的年齡學習語言，錯過此時間之後語言習得變得更加困難。關鍵期假說認為生命成長的最初幾年是關鍵時期，在足夠的刺激下，都能習得第一語言。如果超過這個時期，語言的學習將會非常困難，學者Chomsky特別是指在語法方面。但也有發現口音也呈現

項次	專有名詞	定義
		比較明顯的差異。 （另見第三單元的介紹。）
(14)	語言經驗教學法 Language Experience Approach (LEA)	此法最初是用在教導兒童發展閱讀能力，可透過學習者講述自身的經驗給教師，教師便可得知其已習得的故事、經驗、語言能力等訊息。而應用此法到以英語為第二外語的成人學習者時，更可運用其現有的豐富學習或讀寫的經驗來學習一個新的語言。因此這種教學法不僅得以啓發學習者的心智、增加全語言發展的實力、也是尊重學習者、並與學習者互動的人本為主的方式。其精神實混合了多項理論基礎。 （另見第四單元的介紹。）
(15)	工具性動機 Instrumental Motivation 整合性動機 Integrative Motivation	自從Gardner和Lambert在1972年區分兩種語言學習動機類別：工具性動機和整合性動機之後，動機開始成為語言學習研究探討的重要角色。工具性動機的學習者比較會因實際的誘因而學習語言，例如：為獲得獎金或進入大學。而整合性動機的學習者比較會因為要去瞭解某種語言的人與文化而學習語言。整合性動機已被證明是有效促進成功學習語言的要素。 （另見第三單元的介紹。）
(16)	中介語 Interlanguage (IL)	在發展第二語言的過程中，意即經歷的語言過渡「階段」裡，所產生之「語言」。此概念常會與錯誤的分類合在一起討論。 （另見第三單元的介紹。）
(17)	Stephen Krashen的i+1 理論Stephen Krashen's views on i+1 theory	Stephen Krashen主要強調語言學習者在可理解輸入環境下並加以控制進一步學習新語言知識的重要性。理解接收到（意即輸入的語言）被視為提高潛在語言能力的重要因素，而且要適度掌控學習者能接受的學習範圍。 （另見第三單元的介紹。）

項次	專有名詞	定義
(18)	內在動機 Intrinsic Motivation	從事某項出於自己喜好的活動，在達成自我成就之後會得到的滿足感，是一種來自學習者的內在動力。 （另見第三單元的介紹。）
(19)	外在動機 Extrinsic Motivation	來自外在的誘因，如：金錢或成績的獎勵。外在性動機的學習者即使對工作不感興趣，但還是會因為從一些獎勵中得到激勵而從事該工作。 （另見第三單元的介紹。）
(20)	直接教學法 Direct Method (DM)	這種方法旨在讓學生立即用目標語言交流。此法是基於母語學習的經驗而來。翻譯、概念或規則解釋並非教學的重點，而是直接使用語言。 （另見第四單元的介紹。）
(21)	默示教學法 Silent Way	教師沉默為一種教學技巧。該方法強調學生的自主性和積極參與。教師混合使用沉默和手勢以集中學生的注意力，並得以提示學生主動改正自己的錯誤。默示教學法使用結構式的教學大綱，每次學習專注在少量的常見詞彙及學習發音。 （另見第四單元的介紹。）
(22)	社群語言教學法 Community Language Learning (CLL)	社群語言教學法是與學生共同開發他們想學的語言層面。它是基於輔導方法，老師扮演顧問和解釋者，由學生主動提出詢問。社群語言教學法強調學生在社群中的感覺，它鼓勵互動，並以學生的感受和解決學習所遇的困境為重點教學部分。 （另見第四單元的介紹。）
(23)	宏觀和微觀訊息的處理方式 Top-Down and Bottom-Up Processing	宏觀處理為透過使用上下文的整體背景訊息發展辨認模式。舉例來說：看到一段文章，是閱讀一整段落要表達的意思，而不是單個詞彙。而微觀訊息的處理，則是由小部分開始，然後擴大範圍理解全面的概

項次	專有名詞	定義
		念。以閱讀而言，就是先從生字、詞語、句子，然後擴大理解整篇的概念。 （另見第四單元的介紹。）
(24)	後設語言認知 Metalinguistic Awareness	後設語言認知能力是指有能力了解語言本身的符號及知道如何詮釋及使用語言的能力。後設語言認知能力不但能體會語言符號的性質、法則及本意，甚至得以更進一步發展其能力而知道語言的延伸意義、隱含意義、反諷和揶揄等使用。 （另見第一及第三單元的介紹。）
(25)	認知教學法 Cognitive Approach	認知法處理一些心理過程，如：思考、記憶、解決問題等思維。早年發展時是運用了行為主義技巧的觀察和測量方法來發現這些內在思考過程，但不等同行為主義，因行為主義並不探索內在的思考模式。如今，認知法的受歡迎程度已經超越行為主義，在當代心理學已經佔據主導地位之一。 （另見第三單元的介紹。）
(26)	肢體回應教學法 Total Physical Response (TPR)	由美國心理學教授James Asher 所創，強調語言和身體動作的協調性。在肢體回應教學法裡教師用目標語言給學生下達指令，而學生以行動做出回應。這個方法是用理解的方式進行語言教學。強調聆聽和反應（用行動）的教學方式，但文法並非直接教學的重點，而是從語言環境間接學習。肢體回應教學法是學習詞彙的寶貴方法。Asher 發展肢體回應教學法是受到學習第一語言的啟示。他觀察到父母與子女之間的互動往往是父母說話然後小孩有了肢體反應。 （另見第四單元的介紹。）

項次	專有名詞	定義
(27)	以規則為主的教學法 Form-Focused Instruction	旨在促使學習者注意語言形式及法則。早期這教學法在結構性的教學大綱中特別強調，但現在以溝通教學法的方式也有的會用此焦點來強化對語言規則的重視。 （另見第二及四單元的介紹。）
(28)	多元智能理論 Multiple Intelligences (MI)	Howard Gardner（1993）聲稱學習者擁有不同種類的智能，舉凡：語言、邏輯、數學分析、空間感、音樂等，因此產生以不同方式，含：視覺、肢體運動、或拓展人際關係、善於理解、及與他人互動來學習、記憶、理解和執行。根據此一理論，教育需適才適性，透過不同的管道學習。 （另見第三單元的介紹。）
(29)	總結性評量 Summative Evaluation	在教學告一個階段後，測試學習者，以便評定是否達到整體的學習目標。 （另見第四單元的介紹。）
(30)	形成性評量 Formative Evaluation	於教學進行中，尚未結束時測試，提供學習可改進的回饋。 （另見第四單元的介紹。）
(31)	泛讀 Extensive Reading 精讀 Intensive Reading	泛讀強調透過大量享受閱讀的方式，以促進語言習得和字彙學習。它常與精讀做比較。 精讀學習則是帶有某些特定學習目標和任務。 （另見第四單元的介紹。）
(32)	鷹架／支架理論 Scaffolding	此概念源自於蘇俄心理學家Vygotsky的學習理論，意指：兒童內在心理能力的成長有賴成人或能力較強的同儕協助。應用在教育方面，指教學是用來幫助學生向上攀爬到更高階的能力，最終得以建立信心獨立學習，各種教學技巧如同在攀爬時所需的暫時支撐物。反之，如果在教學上沒有

項次	專有名詞	定義
		系統的輔助架構，那很有可能學生在學習進行中缺乏進階的方向，而無所適從，產生焦慮，因而達不到正面的學習效果。 （另見第三單元的介紹。）
(33)	輸入 Input 吸收 Intake	就教學的角度來看，「輸入」指的是教師藉由口說或書面使用語言範例，提供給學習者的語料。 但從學習者的角度來看，所接收到教師給予的材料，有的可以理解、有的不然，有吸收量或範圍的不同。因此，如上述Krashen提出有名的假說「可理解的輸入」（comprehensible input），期望教師能考量學習者不同階段的能力，提供合適的材料，以利語言習得。 （另見第三單元的介紹。）
(34)	意思為主的輸入 Meaning-Focused Input	這個詞指的是將教學重點放在意思的傳遞而不是以文法為主（form-focused）的輸入原則。讓學習者試著嘗試理解較全面的意思或知識，比較符合自然習得與溝通式為目的之學習歷程。例如：看電影學英文，較強調讓學習者能了解裡面的劇情或意境，而非講解出現的單字使用與文法。 （另見第三及四單元的介紹。）
(35)	流暢度 Fluency 精確度 Accuracy	流暢度指的是整體性的內容得以讓人輕易理解主旨及上下文涵義，沒有明顯與常見的單字、文法錯誤。輸出上也較自然、順利、無停頓、無障礙。 上述的流暢度常相對於精確度而言，指的是用字與文法的精準程度，但有時若過於要求語言學習者的精準度，會打擊其使用語言的信心，甚至有時學習者會寫出精準的句子，也並不等同於具有組織句子上下文的流暢能力。 （另見第二及四單元的介紹。）

項次	專有名詞	定義
(36)	情感過濾器 Affective Filter	Krashen提出的另一個有名假說，指的是要注意學習者的情感或情緒層面，如：動機、自信心、緊張和焦慮等。如果負面情緒過多則會阻礙接受語料。因此引導學生的正面情緒就是降低這情感過濾器啟動的可能性，甚至不被開啟。這樣學習者才有可能無意識地輕鬆接受給予的語料。 （另見第三單元的介紹。）
(37)	折衷式教學法 Eclectic Teaching Methodology	折衷方法論是使用多種語言教學理論、方法、技巧、或活動，因為單一的理論與教學法都有其優點與限制。例如：目前很多文法教學法也可結合溝通式教學法的精神。 （另見第三及四單元的介紹。）

2. 其他出現考試頻率次高者

圖表5.2：曾出現數次考題之專有名詞及解釋

(1)	場地依賴 Field Dependence	擅於看到事物的整體樣貌。
	場地獨立 Field Independence	較優於看到事物的細節，也就是從整體中分析出各個成分。 （另見第三單元的介紹。）
(2)	語料庫語言學分析 Corpus Linguistic Analysis	取自真實生活中使用過的語言，形成大量的資料庫來研究語言的規則及特性。 （另見第一單元的介紹。）
(3)	對比分析 Contrastive Analysis (CA)	對不同語言作系統性研究，以分辨它們結構之差異和相似處。 （另見第三單元的介紹。）

(4)	可理解的輸入假說 Comprehensible Input	從教師的角度出發，可理解性的輸入須考量到學習者是否可以理解的能力。Krashen提出這個假設是基於語言習得理論，當學習者能理解周遭的語料，就可無意識的自然習得語言。
	可理解的輸出假說 Comprehensible Output Hypothesis (or Output Hypothesis)	Krashen的上述理念提出之後，其他學者開始從「輸出」的角度來反向思考，提出可理解的輸出假說。認為學習者在使用語言時會意識到自己在第二語言知識上與母語（或語言能力高於自己的人士）之不足與差距。通過注意到這種差距，學習者通常會嘗試修改輸出的方式，如此便得以學到語言的新知識。或者當學習者在溝通不被了解時也會試著修正自己的語言，這整個輸出的過程便能成功達成語言習得的目標。 （另見第三單元的介紹。）
(5)	自然教學法 Natural Approach	自然教學法是Stephen Krashen和Tracy Terrell在70年代末和80年代初發展的語言教學法。它的目的是培養自然語言習得的課堂環境，強調自然溝通為要務，而非強調文法學習和一直糾正學生錯誤。 （另見第四單元的介紹。）
(6)	自我語言 Language Ego	語言發展中存在了一個要素叫做自我語言，這個詞最早使用者為研究第二語言學習者個性特質的學者Alexander Guiora。根據Brown（2014）詮釋Guiora的理論，是指一個人的自我語言也可說是一種自我認同感，其發展受到使用的語言所產生。通常透過語言的溝通，自我語言發展無形中受內在或外在影響塑造成形。對第二語言學習者，自我語言又會與第一語言、個人價值觀、特質等產生新的關聯。如果一個人的自我語言發展在他的認同概念中是比

		較愉悅或是有安全感的經驗，也就比較不會有過多的防禦機制（inhibition）來保護自我，會是比較是成功的學習者。這個概念常與學習者的個人特質有相關的討論。（另見第三單元的介紹。）
(7)	建議情緒法 Suggestopedia 或稱為 減除情緒障礙建議法 Desuggestopedia	此法是由保加利亞心理治療師Georgi Lozanov發展的一種教學方法。它主要用於學習外語。早期發展於1970年代，該理論建議在教學中啟動正向情緒，最常推薦音樂與舒適環境使人放鬆。而現今通常被稱為「減除情緒障礙建議法」。（另見第四單元的介紹。）
(8)	互動假設 Interactive Hypothesis	常用在討論第二語言習得，指出語言能力的發展是透過提倡面對面的互動和溝通而來。（另見第三單元的介紹。）
(9)	Sapir-Whorf假說 Sapir-Whorf Hypothesis	由語言學家兼人類學家Edward Sapir及其學生Benjamin Whorf所提出的假設，指人類的思考模式受到其使用語言的影響，因此不同語言的使用者會因語言差異而產生不同的思考、行為方式。（另見第二單元的介紹。）
(10)	情境語言教學法 Situational Language Teaching (SLT)	口語是語言教學的重點，而基礎單字與結構是發展口語能力的核心，所有的課程都有特定情境。（另見第四單元的介紹。）
(11)	分割技巧教導 Segregated-Skill Instruction 整合技巧教導 Integrated-Skill Instruction	是指將語言技巧，如：聽、說、讀、寫技能從學習內容中挑出來個別強化學習（Mohan 1986）。 整合技巧法則認為語言學習應該是用正常語言溝通的方式，合併各項語言技能才是語言學習成功的方式（Oxford 2001）。（另見第四單元的介紹。）

(12)	整體／大範圍錯誤 Global Error	指寫作中較全面的錯誤，通常邏輯、承接、整合、組織等問題都會影響到讀者對意思的理解。 （另見第三及五單元的介紹。）
(13)	局部／小範圍錯誤 Local Error	指在作文中出現局部的文法、拼字、標點符號錯誤，這種錯誤較不嚴重也不致於會影響對文章意思的理解。 （另見第三及五單元的介紹。）
(14)	第一語言弱化 L1 Attrition	當在雙語或多國語言的環境成長時，由於跟母語或第一語言的接觸減少，有人會開始失去使用母語流利度，甚至會失去使用母語能力，這就是第一語言弱化現象。 （另見第三單元的介紹。）
(15)	真實的教材 Authentic Materials	是指在日常生活、食衣住行育樂中可以接觸到的一切語言使用之材料。其好處是因為它們是真實的，符合需要，較易引發興趣，也可從中模仿、應用。但畢竟真實的語料並非專為學習者設計，在語言系統和難易度的控制上常是一大需要克服的障礙。 （另見第四單元的介紹。）
(16)	世界各地英語方言 World Englishes	世界上除了美國和英國之外，還存在許多不同英語方言，諸如：澳大利亞和紐西蘭、印度、巴基斯坦因早期曾為大英帝國殖民時期的關係而使用英語。現今因地球村來臨，全球需要使用英語為共同語言來溝通，也產生了各種地區特色的英語方言。 （另見第一及五單元的介紹。）
(17)	歌謠和韻文 Chants and Rhymes	在兒童教學中極為常用，詞語、句型簡單並具有高度重複性，可朗誦、可吟唱，久而久之，這些語料常能深植人心，朗朗上口。 （另見第四單元的介紹。）

(18)	分離式測驗題 Discrete-Point Testing	視語言知識為各成分的組合（compo-nents），這些成分可以分別予以測試。考題上的題目彼此之間沒有關聯性。
	整合式測驗題 Integrative Testing	視語言知識為整體性，測試語言需考量上下文中詞彙、句型等的使用能力。 （另見第四單元的介紹。）
(19)	標準參照測驗 Norm-Referenced Testing	根據測驗結果，算出團體平均數為參照點，然後個別分數採用相對性與標準值比較後詮釋高低。
	效標參照測驗 Criterion-Referenced Testing	根據教學前事先所訂定的目標或標準，決定個別學習者是否已習得所規定的知識或技能，常以「及格或不及格」、「通過或不通過」來表述，不必與團體的平均值相較。 （另見第四單元的介紹。）
(20)	文體教學法 Genre-Based Approach (GBA)	運用各種不同文章的文體（text types），如：記敘文、論說文、說明文等來教學。此字genre拼字特別，源自於法文。很多寫作教科書多以此法編排課程。 （另見第四及五單元的介紹。）
(21)	語言移轉 Language Transfer	是指語言學習者在學習新的語言時，會有藉由母語或內在已存有的語言知識轉移到最新學習的語言現象。有時也常見類似專有名詞為第一語言干擾（L1 interference）或跨語言影響（cross-linguistic influence）。此概念也可與對比分析結合做一番討論。 （另見第三單元的介紹。）
(22)	活動理論 Activity Theory	源自於社會科學與心理學領域，與Vygotsky的學習理論也有所關聯。活動的概念極廣，舉凡周遭的社群／社區、國家、文化等的活動，都會對個人／體產生影響，或兩者之間的交互作用都是研究的

		範疇。其運用也極廣，兒童、成人、及老人教育皆可涉獵研究。 （另見第三單元的介紹。）
(23)	後設語言 Metalanguage	以meta為字首的專有名詞，在英語教學領域中常見，比較容易理解的中文為「後設」。如：語言的文法概念或一個字在句子之中的詞性。簡言之，就是用以解釋文法或句型時的用語，也稱之為「元語言」。 （另見第一、二及三單元的介紹。）
(24)	測試的信度 The Reliability of a Test	信度在統計學、心理測試、一般考試都是一項重要的衡量指標。一份測驗或問卷在正常狀態下重複在同施測者上執行也得以產生類似的結果，所得的答案就被認為有一致性，那該測試就具有較高的穩定性，所得結果也就比較可靠。 （另見第四單元的介紹。）
(25)	檔案評量 Portfolio Assessment	檔案評量是評估學習者整理出來有系統的學習作品，相對於單一次性的能力測驗，檔案整理需要較長期的時間來累積學習成果，目前技能性的課程以作文課程歷程式的學習法（見下）最常使用此評量方式。 （另見第四單元的介紹。）
(26)	文化適應 Acculturation	文化適應通常是指第二文化的學習過程。文化的概念包含極廣，從外表比較不可見、內在尊崇的習俗、觀念、傳說、隱喻、社會制度等，學術名稱現用小C（小文化）表述，到明顯易見的食物、音樂、藝術等用大C（大文化）表述。這些層面往往影響學習者不僅在外顯的行為舉止形式，也涵蓋內在的心理層次。 （另見第二單元的介紹。）

(27)	寫作歷程 Process Writing	此概念將寫作能力訓練視為一個重要的創作過程之學習，而非只從一篇完成的作品評斷學習者的寫作能力。在此過程中，學習者需要知道如何起草想法、組織與整理、甚至學習如何做校對。其評量方法之一也含檔案評量（見上）。 （另見第四單元的介紹。）
(28)	觸覺風格 Kinesthetic Style	此概念常出現在討論學習風格（learning style）的部分。通常有些學習者比較喜好學習得以藉由動態的肢體活動進行，而不是靜態聽演講或看表演。俗稱「從做中學」比較適合這類特質的學習者。 （另見第三單元的介紹。）
(29)	合作學習 Cooperative Learning (Collaborative Learning)	當代多種新式教學法，如：溝通式教學法、任務式教學法等已視運用雙人合作（pair work）或小組合作（group work）的方式為一項重要的教學策略。有別於傳統式的教學法以師生互動為核心，合作學習更重視學習者之間的互動。藉由與人的互動，學習者真正進入自然的對話與溝通的需求，知識就得以如此交流與互補。這也符合了學者Vygotsky所提出之社會文化互動後，產生出內在的心理認知等的變化。各項得以引發同儕互動的技巧應用頗多，例如：近來在寫作學習上也特別注重同儕校對（peer review）的方式，可深入了解與應用。 （另見第三單元的介紹。）
(30)	字母與發音的對應關係 Letter-Sound Correspondence	此概念意即自然發音法，主要是在教幼童學習英文26個字母與發音的對應關係。此系統建立收關於讀寫能力（literacy）的發展。在目前教學工具使用上，除了本書之前所提之韻文語料，甚至字母表也是重要的基礎工具。在策略運用上，當然建立系統、閱讀中常見字母或發音的優先教學

		法、及避免同時強調易混淆的字母都是可加深探索的主題。 （另見第四單元的介紹。）
(31)	浸泡式教學課程 Immersion Program	意即讓學習者身處在目標語言中，自然與真實的學習語言。提到這種形式的課程，往往會聯想到以加拿大的法語教育模式為鏡。 （另見第四單元的介紹。）
(32)	推論理解 Inferential Comprehension	特別指在閱讀時，得以藉由文中表面文字的描述，進一步了解未明確說出的訊息、含意等。推論能力訓練來自多種層面，邏輯思考、因果關係等。語意學及語用學中也有推論意思能力的探討，可多加研讀。 （另見第一及四單元的介紹。）
(33)	智力三元論 Triarchic Theory of Intelligence	由美國認知心理學家Robert Sternberg（1988）所提出智力三元理論包含以下三個層面： 1. 組合智力（componential intelligence）是指分析訊息的能力。 2. 經驗智力（experiential intelligence）是指吸取經驗後加以運用、並得以從經驗中改善的能力。 3. 適應能力（contextual intelligence）順應環境變化的能力及得以改變的能力。 （另見第三單元的介紹。）
(34)	歸因理論 Attribution Theory	此由社會心理學的領域中發展出來，意指一個人通常會為自己成功與失敗的原因找適當的理由解釋。在英語學習中，若學習者得以分析自己在語言學習的成敗，雖然有可能來自主觀偏頗的（bias）認定，但若能使其連結到向上努力的正面面向，則有助學習動機的增長。因此啟動學習者對自己的學習歷程與結果產生也是重要的應用策略。 （另見第三單元的介紹。）

(35)	期望激勵理論 Expectancy-Valence Theory (Expectancy Value Theory/Motivation Theory)	也常見的類似名稱為期望價值／動機理論。提出一個人的行為來自於他們主動選擇，因為他們期望選擇後的行為可帶來其想要的結果。但是人的思考過程也許來自不同的動機，而動機是在做決定以前的過程中的重要支撐。 （另見第三單元的介紹。）
(36)	預期理論 Expectancy Theory	在解釋語言知識的概念下，此理論是指哪些字是有可能出現在話語或上下文意之間。常見的方法在閱讀測驗上使用克漏字的選擇方式，或是詞彙測驗輸出能力部分也有預期原則的精神，例如：The girl wears a lov...dress。那聽話者或閱讀者應該可預期該空格字是lovely。 （另見第一單元。）
(37)	概念圖 Concept Mapping	概念圖是用圖型的方式來詮釋概念之間的關聯性。在語言學也常使用概念圖，例如：語意學用概念圖來表達人心中對字的概念可造成的複雜性。在教學技巧上，也常運用此方式來教學習者試著架構心中的想法，並思考想法之間的連結。 （另見第一單元的介紹。）
(38)	交互教學法 Reciprocal Teaching	延續Vygotsky的社會化交互作用的功能理論用於閱讀教學中，是指一種師生或學生同儕互換角色的教學方式。有四項必要的技巧：摘錄重點、提出問題、澄清以及預測文章內容。其中一個典型方式是：當老師做完首先的示範後，就交由該小組中的學生領導進行完成小組內成員之間的對話並得出結果，該法聲稱有助閱讀理解。 （另見第三及四單元的介紹。）

(39)	混合式學習 Blended Learning	結合傳統教師教學師生面對面的上課方式、遠距教學（distance learning）、及現在流行的術語「磨課師」教學（MOOCs）。學習者可以彈性依據自己的時間及學習速度來進行學習的一種教學模式。然而，混合式學習強調的並未完全摒除傳統實體教室師生一起上課的模式，只是結合了科技，增加更多元的學習方式。 （另見第五單元的介紹。）
(40)	關鍵詞排序程式 Concordancer	此為一種電腦應用程式，可以安裝在電腦或透過網路取得，有的較專業及具有較廣的使用功能者是需付費的，但現在也有較多應用程式提供基本性檢索功能者是不需付費的，例如：*Compleat Lexical Tutor*的網路頁面之下，有個Concordance，也很方便學習者搜索、並分析一個單字在日常生活中說話和寫作的語料中常見的上下文及明顯排列出左右出現的單字。其優勢在於搜索詞與詞之間的關係，並針對語言如何被真實地使用，提供了重要的參考。 （另見第一及四單元的介紹。）
(41)	文化交際溝通 Intercultural Communication	此概念雖然也包含早期跨文化溝通（cross-cultural communication）中著重比較兩文化之間的差異有所不同。但此文化交際溝通重點更在於探索不同的個人文化與他人文化之間是如何溝通，並且如何成功或不成功的達成溝通的目的。 （另見第一、二及三單元的介紹。）
(42)	自我調整式學習 Self-Regulated Learning (SRL)	指學習者有能力去思考如何學習、運用策略以幫助自己解決問題與維持動機的學習機制。其中所含的重要概念即為自主性的學習（autonomy）。當學習者能有比較好的自我調整能力，就較能掌控自己的學習歷程與方向，獲取成功的機會也比較大。 （另見第三單元的介紹。）

(43)	U形發展 U-Shaped Development	U形發展，也被稱為U形的學習（U-shaped learning）。指的是學習語言時間與技巧成長之間（X-Y軸關係）的成長變化曲線。學習的成長若以正確性與時間長短來觀察，並非呈現直線型的正相關成長，也就是：語言能力或認知能力成長往往不能斷言與時間同時遞增並進，而是多呈現像英文字母「U」的形狀發展。例如：以第一語言習得的現象來看，很有可能一開始兒童可以使用正確的單字（也就是正確度達到Y軸高點的位階），但隨著時間（X軸）推進，也有可能出現多次犯錯和落後現象（也就是正確度達到低點的位階），然而又再經過一些時間之後，又逐漸增加正確使用度（也就是慢慢回到高點的位階）。同樣第一語言的U型發展，也在第二語言習得中得到類似的發現。 （另見第三及四單元的介紹。）
(44)	抄襲 Plagiarism	抄襲是將他人作品不論來源是否印刷品、網路、手稿、甚至是同儕及學生的作品用為己有、引用未註明出處、或未經過同意使用等情況。目前抄襲定義越來越多，由於很難界定使用者有意或無意的狀態，因此認定上趨於嚴格，使用者要更加謹慎所引用的來源。在教學環境裡，若被確認作品抄襲，就已經違反學術倫理的原則。在語言教學裡，應將避免抄襲的方法，特別是在寫作課程中直接傳授，並需教導學習者如何避免有抄襲之嫌。因此如何改寫、引用、盡力按照個人寫作的風格適當的承認其來源，都是學習的重點。 （另見第四單元的介紹。）

(45)	讀者劇場 Readers Theater或 Reader's Theater (RT)	顧名思義劇場呈現的一些基礎：有文本、有說故事者（旁白）、及角色扮演（演員）。但是，演出的重點並不在於華麗舞台或服飾造成的視覺效果，而在於聲音及基礎配合動作呈現文本的故事性。更與眾不同的是，讀者劇場的角色是不需要背誦台詞的，而可以在演出時閱讀文本。這些特色，變成很適合在英語教學課程中運用的簡單活動，甚至可帶動全班的團隊合作學習氛圍。 （另見第四單元的介紹。）
(46)	音素意識 Phonemic Awareness	音素意識是指得以理解與使用發音的能力。當然要得以辨識與發出單音，並且結合成有意義的音節和詞語。例如：單字bat有三個字母b、a、t，產生的音素/b/、/æ/、/t/。音素能力攸關拼寫和識字技能（literacy）的發展，必須精熟，奠立好基礎。 （另見第一及四單元的介紹。）
(47)	整合性導向 Integrative Orientation	1. 這個關鍵概念如果用於解釋動機，就是表示學習語言時的目的比較傾向融入社會文化的深層導向型的動機。例如：學習英語是為了解、喜好或融入社會文化的考量，常與工具性（instrumental）的動機對比討論。 2. 這個關鍵概念如果用於解釋測驗題的製作，那就與動機無關，是指測驗題的出題模式，題目之間較有相關性，期望測得受試者的整合能力，常與分離式測驗題（discrete-point testing）對比。 3. 這個關鍵概念如果用於解釋教學技巧，與分割技巧教學法（segregated-skill instruction）將語言視為可分離的成分有所差異，如：聽、說、讀、寫等分項技能來傳授。整合性導向教學是指在語言傳授技術時，將語言視為整體不可分割的學習。 （另見第四單元的介紹。）

(48)	顯性教學 Explicit Instruction	顯性教學指的是在教學過程中，老師清楚地告知學習目標，一切學習過程與內容都在提供清楚、明確的學習目的。
	隱性教學 Implicit Instruction	隱性教學指的是在教學過程中，老師不會告知學習目標，而只是讓學習者自然的接受所得的訊息，讓學習者自己從中領悟、歸納並建立自己的概念，以對他們來說最有意義的方式來消化吸收這些訊息。 例如：在看火車時刻表任務中，如果一開始是建立在時態的教學目標，那就是前者顯性教學法。如果讓學習者試著安排自己的旅行行程，但未明確表達此學習單元為時態的學習，就比較屬於隱性教學法。 早期的英語教學法偏向顯性教學方式，但自溝通式教學法盛行後，有很多新興方法，如：任務型教學法多屬於隱性教學的方式。 （另見第四單元的介紹。）
(49)	記憶術策略 Mnemonic Strategies	記憶術策略是一種加強記憶的系統方法。聯想法（association）或在單字學習中，成為關鍵字聯想法（keyword association），為其中一種十分常見的方式。聯想方式是利用已存在個人記憶中的訊息與新學習的目標做出連結。如此，記憶將可持續很長一段時間。 （另見第四單元的介紹。）
(50)	搭配詞 Collocation	在語料庫中很容易找出一個字如何常與其他字共同出現。這些常見詞的組合，就是母語人士的慣用語。例如：這朋友跟我很熟，在英文就可用"close" friend，而不是"familiar" friend。學習者熟悉搭配詞的使用，可以讓英語使用能力更符合母語人士的標準。 （另見第一及四單元的介紹。）

(51)	狹窄聽力 Narrow Listening	不同於廣泛式的聽力學習（extensive listening）藉由大量的語料輸入，狹窄聽力學習強調藉由學習者選出少量喜好的語料和專題，不斷反覆地聽。由於學習者對該主題有興趣，反覆聽得以助其熟悉與理解，學習較為愉快。等精熟一個主題之後，再改變其他語料，因此聽力得以逐漸擴增。 （另見第四單元的介紹。）
(52)	分級／班測驗 Placement Test	分級／班測驗是在有限的時間內快速評量學生的英語能力後，進行適合的分級／班教學。 （另見第四單元的介紹。）
(53)	IRF互動模式 IRF= Initiation Response Feedback	多年來在教室課堂中師生的互動流程形成了一個很常見的模式：先由教師發起示範或詢問（initiation），繼由學習者回應（response），然後教師給予回饋及教導（feedback）。此互動模式被歸類為一個以教師為中心的方式，詢問的問題也由教師引導，再由學生回答，與現今所謂以學習者為中心與自然溝通式學習語言的理念來倡導師生互動的策略有所差異。 （另見第四單元的介紹。）
(54)	迴避行為 Avoidance Behavior 或稱 迴避策略 Avoidance Strategy	在語言學習的概念裡，是指學習者為了迴避犯錯，而選擇使用熟悉、簡單的句型結構或單字的現象。因此，探討錯誤的種類時，有種「不太會使用」的單字、句型、或說法現象是很難探測的，而不會使用的現象，有時也往往是錯誤的一種型態。 （另見第四及五單元的介紹。）
(55)	過度歸納 Overgeneralization	過度歸納規則是指在語言習得的過程中錯誤的推論語法規則。例如：孩童或第二語言學習者往往認為過去式要在動詞後面加上-ed，因此，即使有些動詞的過去式像是cut（切割）並不需加以變化，卻被錯誤假設需要變成cutted。再者，不規則的複數

		型像是feet（腳）也往往用單數foot加-s的規則來變化，造成了錯誤。類似這樣的錯誤例子極多，但都是受到某些規則的影響造成，因此稱之為過度歸納的現象。（另見第三、四及五單元的介紹。）
(56)	螺旋教學法 Spiral Approach 或稱 Cyclical Approach	螺旋教學法是教學目標從頭至尾不斷重複出現，但開始教學時給予較簡潔與少量的細節，隨著學習的時間增長與學習能力的進步則不斷地擴增更多的細節。在不斷重複學習目標的控制下，學習者也較容易有長期記憶。（另見第三及四單元的介紹。）
(57)	默劇 Mime	默劇在戲劇中常被喜劇演員使用喜劇的表演手段，或演員透過身體動作，不需要說話來演出一個故事。 在語言教學中，默劇變成是一種教學的技巧，有時演默劇者比手畫腳讓觀看的學習者猜測其意。或是如同沉默指示教學法（The silent way）的核心原則，用默劇來減少老師的說話時間，而讓學習者多有發聲使用語言的機會。（另見第四單元的介紹。）
(58)	文字轉語音系統 Text-to-Speech(TTS) Program	文字轉語音系統可將電腦文件中的文字轉成聲音，十分有利將文本的文字內容化為聲音聆聽、或提供視障人士聽到電腦或網路文字訊息。（另見第五單元的介紹。）
(59)	石化現象 Fossilization	石化現象是指不正確的語言成為一種使用習慣並且不容易被糾正。在語言教學中，有些教學理念認為糾正錯誤有其必要性，因為擔心持續的錯誤變成習慣後，就不容易改正。但是，溝通式教學法的理念及天生習得的理念卻認為不必過分矯正錯誤，因為有些錯誤在學習過程中自然可獲得矯正。但也有些錯誤，根深蒂固，已有石化

		現象，也不太容易完全使用正確。例如：許多以普通話或臺灣所謂的國語為第一語言的高階學習者仍會口誤英文中有性別區分的he（他）或she（她）的使用。 （另見第三、四及五單元的介紹。）
(60)	整體式評分法 Holistic Scoring of Writing 分析式評分法 Analytic Scoring of Writing	在寫作的評分規範中其實來自於不同層面的考量，其中兩大規範為：組織能力和語言能力。分別在這兩大層面之下，還有各細項的考量。前者包括段落的組織概念及篇章的組織概念。後者則包括文字、句法、及標點符號、大小寫等規範。因此有時學習者會得到一個整體性的總分，代表該篇作文的整體表現。而有時教師會根據各細項的標準給予評分，以提供學習者精進的方向。 （另見第二及四單元的介紹。）

3. 近年英語教學研究所考古題之縮寫字列表

下表再特別列出英語教學中常見的縮寫字，同時也是近年來臺灣碩士班考題中出現的縮寫概念。

圖表5.3：已考過之專有詞彙縮寫

項次	縮寫字	全名
(1)	PPP	呈現／展示（Presentation）、練習（Practice）、輸出／製造（Production）
(2)	RRR	讀（Read）、背（Recite）、複習（Review）
(3)	STT TTT	學生說話時間（Student Talking Time） 老師說話時間（Teacher Talking Time）
(4)	EFL或TEFL	英語為外語教學 （English as a Foreign Language or Teaching English as a Foreign Language）

項次	縮寫字	全名
(5)	ESL或TESL	英語為第二語言教學 （English as a Second Language or Teaching English as a Second Language）
(6)	TESOL	對非英語使用者的英語教學 （Teaching English to Speakers of Other Languages）
(7)	L1 L2	第一語言（First Language） 第二語言（Second Language）
(8)	NEST NNEST	英語為其母語的教師 （Native English-Speaking Teachers） 非以英語為母語的教師 （Non-Native English-Speaking Teachers）
(9)	SLA	第二語言習得（Second Language Acquisition）
(10)	EIL	英語為國際語 （English as an International Language）
(11)	EMI	英語為教學的媒介用語 （English as the Medium of Instruction）
(12)	U-Learning	無所不在的學習或稱U化學習 （Ubiquitous Learning）
(13)	CLT	溝通式的語言教學 （Communicative Language Teaching）
(14)	MALL	移動式輔助語言學習 （Mobile Assisted Language Learning）
(15)	CALL	電腦輔助語言學習 （Computer Assisted Language Learning）
(16)	TBL TBLL TBLT TBI	任務型語言教學 （Task-Based Learning） （Task-Based Language Learning） （Task-Based Language Teaching） （Task-Based Instruction）
(17)	ALM	聽說教學法（Audio-Lingual Methods）

項次	縮寫字	全名
(18)	ZPD	近側發展區間（Zone of Proximal Development）
(19)	CPH	關鍵期假說（Critical Period Hypothesis）
(20)	IL	中介語（Interlanguage）
(21)	DM	直接教學法（Direct Method）
(22)	TPR	肢體回應教學法（Total Physical Response）
(23)	MI	多元智能理論（Multiple Intelligences）
(24)	CA	對比分析（Contrastive Analysis）
(25)	GBA	文體教學法（Genre-Based Approach）
(26)	CLL	社群語言學習（Community Language Learning）
(27)	LEA	語言經驗教學法（Language Experience Approach）
(28)	SRL	自我調整式學習（Self-Regulated Learning）
(29)	RT	讀者劇場（Reader's Theater或Readers Theater）
(30)	TTS	文字轉語音（Text-to-Speech）

　　一些網路連結對以上這些專有名詞提供了簡易的解釋，例如：Wikipedia、the free encyclopedia、Study.com、搜索引擎Yahoo或是Google及國家教育學院出版的〈雙語詞彙、學術名詞暨辭書資訊網〉的網頁下可參考「教育大辭書」。當然還有其他考古題出現的專有名詞次數很少，因此就不在此書中示範解題，但並非表示這些概念不重要。隨著英語教學討論的快速發展，預計將有更多的新名詞出現，未來讀者若還有遇到新出現的專有名詞，可藉由豐富的網路資料，立即查閱到十分容易閱讀的解釋。再者，本書一開始在第一單元時也介紹了一本專業的辭典工具書（Richards & Schmidt 2013），也是立刻了解定義的好辦法。鞏固好基本定義，行有餘力之後，再來精讀專

業書籍，有些專書後也附有詞彙索引表，如此可獲得更多更深也具有專業權威性的參考訊息，比較不會造成學習壓力。

二、參加國際認證之英語教師證照課程

劍橋英語教學考試中心舉辦教師認證考試，由劍橋大學出版社出版考試用書，在臺灣也有書局負責代理本書銷售。進一步詢問考試方式及價格則可向測試中心（Cambridge English Language Assessment）的人員提問。

以下兩種比較適合臺灣大學生準備的劍橋大學教師認證考試搭配的書籍如下：

（一）語言教學知識課程模組

由Spratt, Pulverness, & Williams（2013）編寫，含下列三大概念：

模組1：語言教學背景知識
模組2：語言教學之規劃
模組3：教室管理

模組1結合語言學概論，模組2及3則屬於英語教學範疇。

（二）語言教學知識課程之語言知識的模組

由Albery（2012）編寫，其實跟上述模組一較為類似，屬

於語言學的基本概念，所以在學校有修語言學必修課程的學生應該可以很快了解重點所在。

此外，若是還有進一步的需要，還可以繼續考量一個較新概念的課程模式如（三）。

（三）語言教學知識課程之專業科目與語言教學結合的模組

Bentley（2013）編寫了現在英語教學法較新流行的概念：CLIL（Content and Language Integrated Learning），指的是如何藉由英語來學習實質的或眞實的知識或學科（另見第四單元的介紹）。也就是說：任何一個學科都可以用英語來傳授，而非只能用母語來授課。比如說：在臺灣如果有資訊素養課程、統計學或地理等學科，那教師需要知道CLIL特殊的英語教學的原則與方法以便透過英語來傳授這些課程。所以這第三類的考試不但適合擔任英語課程教師也適合任一學科的教師。再舉個例來說：現在大學期待非外文系的教師用英文來授課，也需要知道CLIL的教學理念、原則與方法。

不過，若是以取得證照爲目的，並非以上三套書的考試都需要準備，讀者可以選擇一個模組來準備考試，費用在2014年報價時一個模組爲新臺幣1500元。

三、洞悉未來英語教學之重點發展

（一）了解學習者各種不同的需要

相對於一般學習者學習的日常溝通英語的目的（EGP: English for General Purpose）或是用作學術研究為主的英語學習課程（EAP: English for Academic Purpose），有些學習者對學習英語還有一個更確切的專業需求，例如：航空、商業、醫學、工程等不同領域的專業，有時這些英文詞彙在一般英語課程中並不常見，因此為特別專業學生開設的英文課程（ESP），應該是更合乎其需求，也比較能達到應用英語的目的，這樣的課程也較能引發學習者的動機。

（二）常見的英文文體

在當代各類不同的英語學習需求下，給學習者數種常見的文體形式（genres），例如：商業書信、電子郵件溝通、各領域表格填寫、或是正式申請信函等區別，應該會迅速的促使教材內容、課程發展、授課方式及考試題型等層面的更新。

（三）錯誤的界定

如前所述（第三及四單元），即使是母語人士的語言成長也是一連串錯誤的演進，因此對外語學習者的錯誤要能去觀察何種錯誤（mistakes）是學習者自己能自覺，或者是一種較僵化性（fossilized）的錯誤（errors），需由教師介入給予回饋（feedback）或修正（correction）。

天生習得論有個比較強勢論述的發展但卻遭到比較多的教學研究反證，是認為錯誤修正是不太需要的，因為只改變了表面的語言結構，對深層結構的建構並無幫助，甚至有些學者也認為太仔細的修正錯誤不但打擊學習者的自信，也不太有學習的效果（具體研究可見Lightbown & Spada 2013），但是大部分的教師還是會給予修正的回饋，甚至發現學習者會喜歡教師給予直接告知正確的用法（如：Ur 2012）。

　　但是由於英語語言的多元化，接下來對「正確的英語」，或反過來說，「錯誤的英語」產生更多元的界定。因此可接受或是不可接受的英語使用，往往將因地或因人的需求而產生差異。

（四）科技輔助英語學習

　　從大約在1980 年後開始耳熟能詳的電腦輔助語言學習（CALL: Computer Assisted Language Learning），進化到1990年代由於資訊與網絡溝通（ICT: Information and Communications Techonology）的盛行而轉變成資訊輔助英語學習（TELL: Technology Enhanced Language Learning），到近年通稱網路學習（E-Learning/Online Learning）及個人化的數位學習（M-Learning: Mobile Learning）出現（參見 Dudeney & Hockly 2007），現今更有流行術語：無所不在的學習（ubiquitous learning），意即以科技帶動的學習方式已不再受限於傳統的教室空間，或固定的時間做師生互動，給予學習

者更多的方便與選擇。這麼多的專有名詞變化其實在英語教學領域裡所代表的深層原則並未有太大的轉變，而所改變表層原則應該只是如何應用時代先進的科技工具來輔助英語學習。

近來，也很流行用機器人輔助語言學習（例如：Han 2012），英文簡稱為（RALL: Robot-Assisted Language Learning），研究發現學習者與機器人互動得以產生學習的效果，甚至啟發學習動機，或降低課堂學習中的緊張情緒（例如：Hong, Huang, Hsu, & Shen 2016）。

（五）雲端教室

在2011年10月時美國知名大學開始在網路上開設課程，受到大眾的歡迎，因此線上學習也開始有公司來經營。Udacity、Coursera、edX陸續成立，之後發展了一個流行的通稱「大規模開放式線上課程」（MOOCs: Massive Open Online Courses）。目前全世界透過此種模式學習的學生人數增加，各大學課程也思考為這種線上課程解決公平客觀地評量機制。而臺灣為能趕上這股全球化的教育新風潮，也在2013年初開始由教育部與少數頂尖大學推動「磨課師（MOOCs）計畫」，語言教育勢必開始討論更新的教學方法論並且測試其教與學的效能。

（六）翻轉教學

翻轉教學（flip teaching），是一種由學生先在家完成知識的學習，然後再來課堂上由老師解惑、引導討論與實作的模

式，翻轉了長久以來傳統教學的方式，也就是先由老師在課堂講授，再由學生回家做作業的形式。

其實翻轉學習也並非全新的概念，在本質上早就在10多年前興起在企業培訓時應用數位科技及節省時間、花費、並能兼顧學習效率與效用的方式（如：Van Dam 2003）。

現在整個教育界若以臺灣為例，有鑑於學習者多為被動的學習方式、並且常僅以教師為中心或唱獨角戲的教學困境，正在積極推動調整傳統講授式教學，並轉為以養成就業力或軟實力的學習，朝向激發學生批判思考、問題解決、社交合作與實作創新等能力的教學。儘管這種翻轉學習的教學模式正大力在臺灣推廣，宜持續觀察未來執行與學習成效。

（七）掌握世界流行英語發展的脈動

英語變體或多樣化的英語使用（varieties of English）是指英語可能因為地域上的不同，且經過時間的遷移而有不同的變化。而「新詞」（neologisms）是指新創造出的字或是詞語。舉例來說，「google」就是近年來因為網際網路的盛行而出現的，意思是在網路上用搜尋引擎找資訊。此外，「APP」或「Skype」也是因為日新月異的科技發展而出現的日常用字。

此外，近來國際比較熱門的政治、經濟議題也在每日英語使用中出現了一個常見字：英脫歐（Brexit: British Exit），其

背景為英國在2016年6月23日舉行公投，決定是否離開歐盟共同體（EU: European Union），大選結果出爐後，脫歐與留歐之間百分比十分接近，以極少的差距，脫歐派險勝，已造成國際間的震撼。類似這樣的關鍵字雖然拼字簡單，但是其背後所帶來的概念與意涵，絕非是外國語學習者覺得容易的一件事。

英國語言學家David Crystal在2016年的國際英語教師教學研討會（IATEFL: International Association of Teaching English as a Foreign Language）的演說中提及很多英文單字的流行或用法，例如：wasband（前夫）、digital amnesia（電子失憶症：遺失儲存在電子產品的資訊與記憶）等，甚至在口音與文法要求的改變，都是未來英語教學的重要議題。

四、第五單元總複習與應用項目精熟度確認單

是否能說／寫出…？	是	還好	否
1. 各種不同的國際英檢考試大致測驗的項目 　• 多益 　• 托福 　• 雅思			
2. 分析個人喜歡參加的國際英檢考試種類及理由			
3. 英語學習課程的類別 　• EGP 　• EAP 　• ESP			
4. 說明文體教學的概念			
5. 利用雲端教室的概念，試論在臺灣英語課堂中對教師可能帶來的影響（整合題）			
6. 利用翻轉教學的概念，試論在臺灣英語課堂中對學習者可能帶來的影響（整合題）			
7. 利用科技輔助英語學習的概念，試論在臺灣英語課堂中對學習者可能帶來的影響（整合題）			
8. 更多世界流行英語的例子			
9. 利用世界流行英語的例子，思考中文是否也有類似的變化（應用題）			
10. 進一步分類考題專有名詞，如：本關鍵概念屬於閱讀課程類別、教學技巧類別、錯誤探討類別、測驗範圍類別等			
11. 評論臺灣學校開設英語教學課程時，宜或不宜朝向全面推動學生取得國際間使用的英檢考試證照（整合題）			

　　本書書寫至此，實感知識無限，但限於篇幅，只能先引導讀者擇重點建立全面的概觀。回顧本書安排的理念是先啟發自身在教學發展的動機與合適度，以便立下教育樹人的決心，然後持續鞏固與更新自身英語語言能力及教學知能。常說教育是百年樹人，只有不隨目前現實的社會感嘆當教師「事多薪少」、「賺不到大錢」的負面想法下而選擇在這領域上繼續堅持，這樣「孩子是未來的希望」才不至於在英語教學領域裡淪為口號。

　　這本書寫到了尾聲的時候，在2015年的11月聽了一場英語補教業師的演講，得知在他過去的兒童時期是語言發展遲緩的學童，大學時期家境不好也要靠打工苦撐，很努力地完成臺灣一所知名國立大學英語研究所的博士學位，現在南來北往的在補教業專門教授英檢考試的課程時數很多，在演講時常以自身的例子啟發學生克服英語學習恐懼去努力追求夢想，並同時鼓勵語言學習成效不佳的學生建立英語學習的動機。各種不同職涯成功的案例，想必在英語教學界中為數不少，因此建議本書讀者應該多去正面思考當一個教師可帶來的人生積極面的意義。如前所述，若發現自己有潛能是善於引導人的部分，而且對教學有興趣，就應該及早堅定志向在這崗位上持續經營。

　　有了堅持的信念與明確的擔任教師動機之後，應隨時謹記一個持續經營的準則：「教」與「學」兩層面互相成長、交互

作用、永無止境，教師在期望如何把學生教好之外，同時也應是一個學習者，不管是在知識、技能須不斷增長，同時也可安排學習新的事物或新的語言，以便體會學習者內在的認知心理世界，及準備好適應時代的新潮流所需因應的教學改變。

　　最後與各位分享一個自身學習的體驗。2013年我在歐洲跟著旅遊團時，導遊很努力地介紹奧地利的歷史背景，但是，我發現自己當時也很難牢記在心，現今回想所獲得的導入（input）知識更說不出個所以然，所以顯然也沒有知識輸出（output）的能力。按理說，當時我學習當地人文的動機應該是很強的，因為旅遊總是帶給我開心的感受，而且旅遊的情境不但是真實的（authentic），而且也沒任何學習上或考試上的壓力，可奇特的是：儘管導遊如何認真的講解，甚至也放影片給我觀賞，然而，不管是當時或現在要我講出所學的內容，似乎仍是稀稀落落，只依稀記得一些關鍵字，無法流暢的描述整體的訊息。感受到此學習經驗後，我除了提醒自己更有耐心去面對學生所謂「教不會」的情況，也持續讓我對之前所回顧的流行之教學法的教學成效產生新的研究問題，有待不斷探索、實證與發現。

英文部分

Aitchison, J. 1994. *Words in the Mind: An Introduction to the Mental Lexicon* (2nd ed.). Oxford: Blackwell.

Albery, D. 2012. *The Teaching Knowledge Test Course: Knowledge about Language Module*. Cambridge: Cambridge University Press. Retrieved 26 February 2016 from http://www.cambridge.org/tw/elt/catalogue/subject/project/item6821044/?site_locale=zh_TW&currentSubjectID=5764802.

Bentley, K. 2013. *The Teaching Knowledge Test Course: Content and Language Integrated Learning Module*. Cambridge: Cambridge University Press. Retrieved 26 February 2016 from http://www.cambridge.org/tw/elt/catalogue/subject/project/item5629575/?site_locale=zh_TW&currentSubjectID=5764802.

Bilash, O. 2015. *Culture in the Language Classroom*. Retrieved 23 November 2015 from http://www.educ.ualberta.ca/staff/olenka.bilash/best%20of%20bilash/culture.html.

Bloom, B. S. (ed.). 1956. *Taxonomy of Educational Objectives Handbook I: Cognitive Domain*. New York: Longman.

Booktrust. 2016. *The Benefit of Rhymes*. Retrieved 3 June 2016 from http://www.bookstart.org.uk/professionals/about-bookstart-and-the-packs/research/reviews-and-resources/the-benefit-of-rhymes/.

Bradbury, M. 1989. Speaking the Prince's Englih. *The New York Times Magazine*. Retrieved 13 February 2016 from http://www.nytimes.com/1989/09/24/magazine/speaking-the-prince-s-english.html?pagewanted=all.

British Council. 2015. *Phonemic Chart*. Retrieved 17 October 2015 from http://www.teachingenglish.org.uk/article/phonemic-chart.

Brown, C. & Payne, M. E. 1994. Five Essential Steps of Process in Vocabulary Learning. *Paper Presented at the TESOL Convention*, Baltimore, Md.

Brown, H. D. 2014. *Principles of Language Learning and Teaching* (6th ed.). White Plains, NY : Pearson.

Byram, M. 1997. *Teaching and Assessing Intercultural Communicative Competence*. Clevedon: Multilingual Matters.

Carlucci, L. & Case, J. 2013. On the Necessity of U-Shaped Learning. *Topics in Cognitive Science*, 5/1, 56-88. Retrieved 5 July 2016 from https://www.eecis.udel.edu/~case/papers/pr2.pdf.

Cook, V. 1991. *Second Language Learning and Language Teaching*. London: Edward Arnold.

Cortazzi, M. & Jin, L. 1999a. Bridges to Learning: Metaphors of Teaching, Learning, and Language. In L. Cameron & G. Low (eds.), *Researching and Applying Metaphor,* pp.149-176. Cambridge: Cambridge University Press.

Cortazzi, M. & Jin, L. 1999b. Cultural Mirrors: Materials and Methods in the EFL Classroom, In E. Hinkel (ed.), *Culture in Second Language Teaching and Learning*, pp. 196-219. Cambridge: Cambridge University Press.

Cortazzi, M. & Shen, W. W. 2001. Cross-Linguistic Awareness of Cultural Keywords: A Study of Chinese and English Speakers. *Language Awareness*, 10/2, 125-142.

Crystal, D. 2003. *English as a Global Language* (2nd ed.). Cambridge: Cambridge University Press.

Cullen, R., Hill, M., & Reinhold, R. 2012. *Learner-Centered Curriculum: Design and Implementation*. Hoboken, NJ: John Wiley & Sons.

Dörnyei, Z. 2001. *Motivational Strategies in the Language Classroom*. Cambridge: Cambridge University Press.

Dudeney, G. & Hockly, N. 2007. *How to Teach English with Technology*. Harlow, Essex: Pearson Education Limited.

ETS. 2012. *The Official Guide to the TOEFL Test* (4th ed.). Singapore: McGraw Hill Education.

Fromkin, V., Rodman, R. & Hyams, N. 2014. *An Introduction to Language* (10th ed.). Boston, MA: Wadsworth.

Gardner, H. 1993. *Multiple Intelligences: The Theory in Practice*. New York: Basic Books.

Gardner, R. C. & Lambert, W. E. 1972. *Attitudes and Motivations in Second Language Learning*. Rowley, MA: Newbury House.

Goddard, C. & Wierzbicka, A. 2014. *Words and Meanings: Lexical Semantics Across Domains, Languages, and Cultures*. Oxford: Oxford University Press.

Graham, C. 1979. *Jazz Chants*. Oxford: Oxford University Press.

Han, J. 2012. Emerging Technologies – Robot Assisted Language Learning. *Language Learning & Technology*, 16/3, 1-9.

Harmer, J. 2007. *How to Teach English*. Harlow, Essex: Pearson Education.

Harmer, J. 2015. *The Practice of English Language Teaching* (5th ed.). Harlow, Essex: Pearson Education.

Hatch, E. & Brown, C. 1995. *Vocabulary, Semantics, and Language Education*. Cambridge: Cambridge University Press.

Hong, Z.-W., Huang, Y.-M., Hsu, M., & Shen, W. W. 2016. Authoring Robot-Assisted Instructional Materials for Improving Learning Performance and Motivation in EFL Classrooms. *Journal of Educational Technology & Society,* 19/1, 337-349.

Hymes, D. 1972. On Communicative Competence. In J. B. Pride & J. Holmes (eds.), *Sociolinguistics. Harmondsworth*, England: Penguin Books.

Jenkins, J. 2004. ELF at the Gate: The Position of English as a Lingua Franca. In A. Pulverness (ed.), *Liverpool Conference Selections*. Kent: IATEFL Publications.

Jin, L. & Cortazzi, M. 2008. Images of Teachers, Learning and Questioning in Chinese Cultures of Learning. In E. Berendt (ed.), *Metaphors of Learning, Cross-Cultural Perspectives*, pp. 177-202. Amsterdam: John Benjamins Publishing Company.

Krashen, S. 1982. *Principles and Practice in Second Language Acquisition*. Oxford: Pergamon.

Krashen, S. & Terrell, T. D. 1983. *The Natural Approach: Language Acquisition in the Classroom*. Oxford: Pregamon Press.

Lewis, M. 1993. *The Lexical Approach: The State of ELT and a Way Forward*. Hove, England: Language Teaching Publications.

Lewis, M. 1997a. *Implementing the Lexical Approach: Putting Theory into Practice*. Hove, England: Language Teaching Publications.

Lewis, M. 1997b. Pedagogical Implications of the Lexical Approach. In J. Coady & T. Huckin (eds.), *Second Language Vocabulary Acquisition: A Rationale for Pedagogy*, pp. 255-270. Cambridge: Cambridge University Press.

Lewis, M. 2000. Language in the Lexical Approach. In M. Lewis (ed.), *Teaching Collocation: Further Developments in the Lexical Approach*, pp. 126-154. Hove, England: Language Teaching Publications.

Lightbown, P. M. & Spada, N. 2013. *How Languages Are Learned* (4th ed.). Oxford: Oxford University Press.

Long, M. 1996. The Role of the Linguistic Environment in Second Language Acquisition. In W. Ritchie & T. Bhatia (eds.), *Handbook of Second Language Acquisition*, pp. 413-468. San Diego: Academic Press.

MacIntyre, P. 1995. How Does Anxiety Affect Second Language Learning? A Reply to Sparks and Ganschow. *Modern Language Journal*, 79/1, 90-99.

Mohan, B. 1986. *Language and Content*. Reading, MA: Addison Wesley.

Nunan, D. 2001. Syllabus Design. In M. Celce-Murcia (ed.), *Teaching English as a Second or Foreign Language* (3rd ed.), pp. 55-65. Boston, MA: Heinle & Heinle.

Omaggio Hadley, A. 2001. *Teaching Language in Context* (3rd ed.). Boston, MA: Heinle & Heinle.

O'Malley, J. M. & Chamot, A. U. 1990. *Learning Strategies in Second Language Acquisition*. Cambridge: Cambridge University Press.

Oxford, R. L. 1990. *Language Learning Strategies: What Every Teacher Should Know*. Boston: Newbury House.

Oxford, R. 2001. *Integrated Skills in the ESL/EFL Classroom*. Washington DC: ERIC Digest. Retrieved 23 July 2016 from http://files.eric.ed.gov/fulltext/ED456670.pdf

Parker, F. & Riley, K. 2009. *Linguistics for Non-Linguists: A Primer with Exercises* (5th ed.). Needham Heights, MA: Allyn & Bacon.

Peck, S. 2001. Developing Children's Listening and Speaking in ESL. In Celce-Murcia, M. (ed.), *Teaching English as a Second or Foreign Language*. Boston, MA: Heinle & Heinle.

Reading Rockets. 2015. *Phonics: Watch & Learn*. Retrieved 21 November 2015 from http://www.readingrockets.org/article/phonics-watch-learn.

Reid, J. (ed.). 1995. *Learning Styles in the ESL/EFL Classroom*.

New York: Heinle and Heinle.

Richards, J. C. & Rodgers, T. S. 2014. *Approaches and Methods in Language Teaching* (3rd ed.). Cambridge: Cambridge University Press.

Richards, J. C. & Schmidt, R. 2013. *Longman Dictionary of Language Teaching and Applied Linguistics* (4th ed.). Oxon: Routledge.

Rubin, J. 1975. What the "Good Language Learner" Can Teach Us. *TESOL Quarterly*, 9/1, 41-51.

Saeed, J. 2015. *Semantics* (4th ed.). Malden, MA: Wiley-Blackwell.

Schmidt, R. 1983. Interaction, Acculturation, and the Acquisition of Communicative Competence: A Case Study of an Adult. In N. Wolfson & E. Judd (eds.), *Sociolinguistics and Language Acquisition*, pp. 137-174. Rowley, MA: Newbury House.

Schmidt, R. 1990. The Role of Consciousness in Second Language Learning. *Applied Linguistics*, 11, 129-158.

Scholastic. 2015. *Lesson Plans for Phonics*. Retrieved 21 November 2015 from http://www.scholastic.com/teachers/lesson-plans/free-lesson-plans/search?query=phonics.

Seidlhofer, B. 2004. Research Perspectives on Teaching English as a Lingua Franca. *Annual Review of Applied Linguistics*, 24/1, 209-239.

Shen. W. W. 2003. Current Trends of Vocabulary Teaching and Learning Strategies for EFL Settings. *Feng Chia Journal of Humanities and Social Sciences*, 7, 187-224. Retrieved 5 July

2016 from http://www.cohss.fcu.edu.tw/wSite/publicfile/Attachment/f1378105968860.pdf.

Shen, W. W. 2005. *Are Different Words Learnt Differently?* Taipei: Bookman.

Shen, W. W. 2012. Your Wish Is My Command. *English Teaching Professional*, 79, 26-28.

Sinclair, J. M., & Renouf, A. (eds.). 1988. A Lexical Syllabus for Language Learning. In R. Carter & M. McCarthy (eds.), *Vocabulary and Language Teaching*, pp. 140-158. Harlow, Essex: Longman.

Skinner, B. F. 1938. *Behavior of Organisms: An Experimental Analysis*. New York: Appleton-Century-Crofts.

Skinner, B. F. 1957. *Verbal Behavior*. New York: Appleton-Century-Crofts.

Snow, M. A. 2001. Content-Based and Immersion Models for Second and Foreign Language Teaching. In M. Celce-Murcia (ed.), *Teaching English as a Second or Foreign Language* (3rd ed.), pp. 303-318. Boston, MA: Heinle & Heinle.

Spratt, M., Pulverness, A. & Williams, M. 2013. *The Teaching Knowledge Test Course: Modules 1, 2, and 3*. Cambridge: Cambridge University Press. Retrieved 26 February 2016 from http://www.cambridge.org/tw/elt/catalogue/subject/project/item6038326/?site_locale=zh_TW&currentSubjectID=5764802.

Sternberg, R. J. 1988. *The Triarchic Mind: A New Theory of Human Intelligence*. New York: Viking Press.

Sun, C. S. 2005. *American English Phonetics* (2nd ed.). Taipei: The Crane.

Swain, M. 1985. Communicative Competence: Some Roles of Comprehensible Input and Comprehensible Output in Its Development. In S. Gass & C. Madden (eds.), *Input in Second Language Acquisition*, pp. 235-253. Rowley, MA: Newbury House.

Underhill, A. 2005. *Sound Foundations. Learning and Teaching Pronunciation*. Oxford: Macmillan Education.

University of Cambridge. 2011. *Using the CEFR: Principles of Good Practice*. Retrieved 4 August 2015 from http://www. cambridgeenglish.org/images/126011-using-cefr-principles-of-good-practice.pdf .

Ur, P. 2012. *A Course in English Language Teaching*. Cambridge: Cambridge University Press.

Van Dam, N. 2003. *The E-learning Fieldbook*. New York: McGraw-Hill.

White, L. 2003. *Second Language Acquisition and Universal Grammar*. Cambridge: Cambridge University Press.

Wilkins, D. 1976. *Notional Syllabuses: A Taxonomy and Its Relevance to Foreign language Curriculum Development*. Oxford: Oxford University Press.

Willis, D. 1990. *The Lexical Syllabus: A New Approach to Language Teaching*. London: Collins.

Willis, J. 1996. *A Framework for Task-Based Learning*. Harlow,

Essex: Longman.

Yule, G. 2014. *The Study of Language* (5th ed.). Cambridge: Cambridge University Press.

中文部分

毛佩琦主編。2010。*韻文發音練習本*。台北：師德。

呂奕欣譯著。2011。*英語童詩練習本1 & 2*。台北：師德。

師德譯著。2008。*兒童英語歌謠精選*。台北：師德。

張湘君。2000a。*英文童謠創意教學*。台北：東西出版事業。

張湘君。2000b。*英文兒歌教學點子100*。台北：東西出版事業。

本書首先要感謝逢甲大學，自從我91學年度開始任教後，五年內就給予我一項「全校優良教師」的榮譽肯定，讓我在持續達到更符合「現代化」及「優質化」的英語教學目標上始終不敢稍有懈怠辜負眾望。

也很感謝外文系這些年來讓我開設了多種語言學與英語教學的相關課程，使我得以親身觀察到學生的學習狀況與需求。

另外，我需要感謝我聘任的學生助理們提供我教學、研究等所需要的協助，也分享其學習語言類別暨英語教學相關課程學科的經驗、或其畢業後在研究所就讀、工作狀況等，使我更了解學生在學習這些課程的難易度感受，也因此可以寫出更適合臺灣學生在英語教學發展中比較需要強化的概念。交由三年級學生助教Mandy Jiang試讀本書初稿後，給予的讀者回饋是：「非常有收穫！如果在大二配合這本書，就太棒了。」真是讓我開始領悟到寫書的樂趣在於協助他人所需，然後讀者的正面回饋會讓自己重新得力，繼續堅持努力發展下去。

最後也要感謝五南圖書出版公司意識到在英語教學領域裡出版專書的重要性，主動邀請本人執行撰寫本書，並特別感謝朱曉蘋主編的聯繫、安排出版事宜、及提供匿名審查，讓我有機會集結與更新一些個人的知識與經驗，分享給更多的讀者。

國家圖書館出版品預行編目資料

英語教學概論／沈薇薇著.
— 初版. — 臺北市：五南, 2016.08
　　面；　　公分.
ISBN 978-957-11-8776-1（平裝）

1.英語教學

805.103　　　　　　　　　105015057

1XOX

英語教學概論

作　　者 — 沈薇薇

發 行 人 — 楊榮川

總 編 輯 — 王翠華

主　　編 — 朱曉蘋

封面設計 — 陳翰陞

出 版 者 — 五南圖書出版股份有限公司

地　　址：106台北市大安區和平東路二段339號4樓

電　　話：(02)2705-5066　傳　　真：(02)2706-6100

網　　址：http://www.wunan.com.tw

電子郵件：wunan@wunan.com.tw

劃撥帳號：01068953

戶　　名：五南圖書出版股份有限公司

法律顧問　林勝安律師事務所　林勝安律師

出版日期　2016年 8 月初版一刷

定　　價　新臺幣340元

※版權所有‧欲利用本書內容，必須徵求本公司同意※